人文阅读与收藏·良友文学丛书

舒乙题

原丛书主编：赵家璧

特邀顾问：舒　乙　赵修慧　赵修义　赵修礼　于润琦

出 品 人：马连弟
监　　制：李晓琤
执　　行：张娟平
统　　筹：吴　晞　姚　兰
装帧设计：赵泽阳

特别鸣谢（按姓氏笔画排列）：
韦　韬　叶永和　李小林　沈龙朱　陈小滢　杨子耘
张　章　周　雯　周吉仲　舒　乙　蒋祖林　施　莲
姚　昕　俞昌实　钟　蕻　郑延顺　赵修慧
以及在版权联系过程中尚未联系到的作者或家属

特别鸣谢：
上海鲁迅纪念馆
北京鲁迅博物馆
北京大学中国语言文学系
复旦大学中国语言文学系
中国作家协会权益保障委员会

人文阅读与收藏·良友文学丛书

一 年

张天翼 著

中国国际广播出版社

良友版《一年》精装本封面

良友版《一年》平装本封面

良友版《一年》编号页

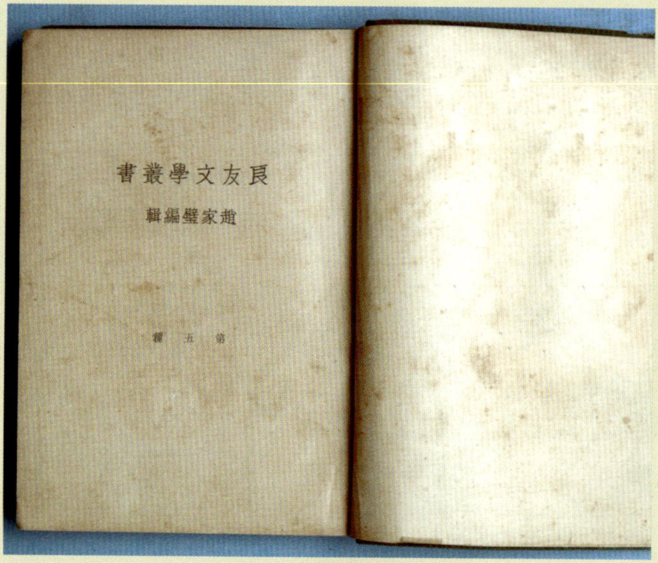

良友版《一年》扉页

良友版《一年》内文

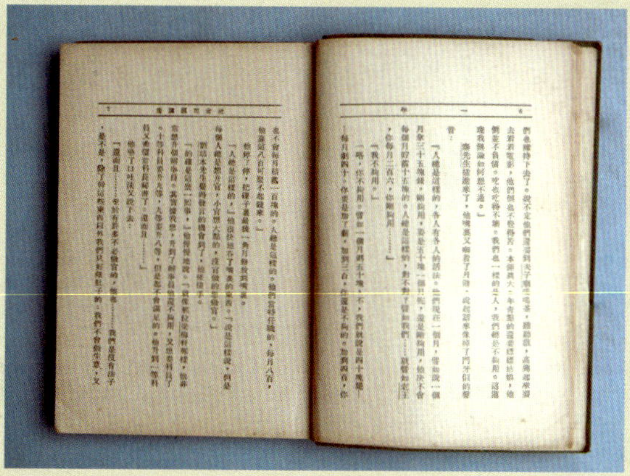

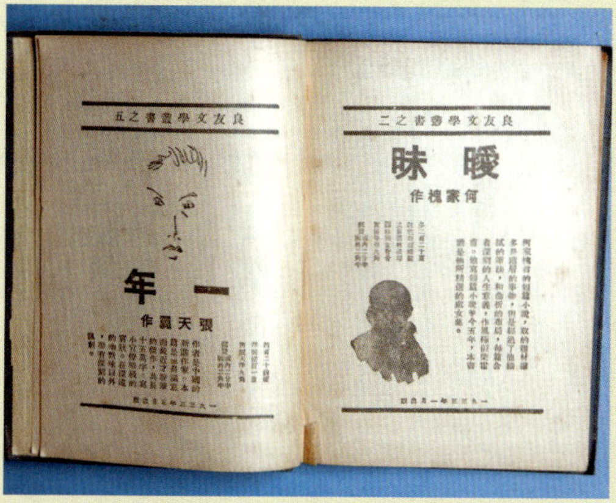

良友版《一年》广告（左）

《良友文学丛书》新版出版说明

二十世纪三四十年代，著名编辑赵家璧在上海良友图书公司老板伍联德的支持下，历经十余年，陆续出版《良友文学丛书》，计四十余种。其中三十九种在上海出版，各书循序编号，后出几种则无。该套丛书以收入当时左翼及进步作家的作品为主，也选入其他各派作家作品。其中小说居多，兼及散文和文艺论著；第一号是鲁迅的译作《竖琴》。丛书一律软布面精装（亦有平装普及本），外加彩印封套，书页选用米色道林纸，售价均为大洋九角。

《良友文学丛书》选目精良，在现在看来，皆为名家名作；布面精装的装帧更是被许多爱书人誉为“有型有款”。不可否认，在装帧设计日益进步的当下，这套出版于二十世纪三四十年代的丛书外形已难称书中翘楚，但因岁月洗汰，人为毁弃，这套曾在出版史上一度“金碧辉煌”过的丛书首版已然成为新文学极其珍贵的稀见“善本”。

在《良友文学丛书》首版八十周年之际，为满足现代普通读者和图书馆对该丛书阅读与收藏的需求，我们依据《良友文学丛书》旧版进行再版（四种特大本不在其列）。本着尊重旧版原貌的原则，仅对旧版中失校之处予以订正。新版《良友文学丛书》采用简体横排的形式，以旧版书影做插图，装帧力求保持旧版风格，又满足当下读者的审美趣味。希望这一出版活动对缅怀中国出版前辈们的历史功绩和传承中国文化有所裨益，也希望广大读者多提宝贵意见和建议，以便我们把日后的工作做得更好。

《良友文学丛书》新版校订说明

一、本丛书收录原良友图书公司编辑赵家璧主编《良友文学丛书》共四十六种（四种特大本不在其列），乃为目前发现且确系良友版之全部。

二、此番印行各书，均选择《良友文学丛书》旧版作为底本，编辑内容等一律保持原貌，未予改窜删削。

三、所做校订工作，限于以下各项：

（1）将繁体字改为简体字；

（2）原作注释完全保留；

（3）尽量搜求多种印本等资料进行校勘，并对显系排印失校者在编辑中酌予订正；

（4）前后字词用法不一致处，一般不做统一纠正；

（5）给正文中提到的书籍和文章及其他作品标上书名号，原作书名写法不规范、不便添加符号者，容有空缺；

（6）书名号以外其他标点符号用法，多依从作者习惯，除个别明显排印有误者外均未予改动。

目　次

社会问题讲座

星期日，天气好得古怪。明天又是个了不起的节日，一共有两天玩儿。官儿们都打算好好寻一回乐，于是秘书刘培本先生书室里坐了几个他的同事。

他们谁都爱上刘培本先生家里来：刘先生待人殷勤，跟什么人都谈得上，款客的东西又都是怪精致的，饭菜也合上他们的口胃。此外还有是，刘太太很大方，谈锋最健，又什么都懂得，不论你抓住了个什么题目她会尽跟你说下去的。现在可抱歉得很：她不在家。

刘培本先生正送走了两个客回到书室里来。

他是矮小个子，远远地瞧来像根牙签：在座的诸位就个个都显得怪高大的了，即使是王科长——脸顶长的那个，他的科员们都叫他“一寸五分丁”的。刘秘书个子一小，好像因此那班下属就都不怕他，不管他高兴也好，绷着脸也好，他的书记总示威似地挨到他面前，像要一脚就由他胸袋上跨过去的样子。有一次他对他勤务发着怒，跳得很高，可是那勤务满不在乎，只好奇地瞧着桌上的墨盒，似乎要看看刘秘书到底跳不跳得进去。但同事们并不因他长得矮小就失去对他的敬意，刘秘书自己没理会这个岔，他还是留着他的胡子，像机械画地崭齐着，还让它涂了油似地放着光。他脸上也比别人的短一截，仿佛给谁压了一把。眼睛也小，一边一个安放在阔阔的鼻子上，把距离弄远了点，瞧来像个比目鱼。

回到房里，他搓搓手透口气。

那一寸五分丁打个呵欠，没劲儿地问：

“那俩是谁？”

“那老者是梁梅轩。那三十几岁的是他外甥，大概不是亲的……或者是亲的，我弄不清了。……唔，不是亲的。据说他才来。他叫白慕易。”

那个似乎又打了个呵欠。他嘴老张着，像脸上的肌肉太有剩余，闭住了怕肉会剂起来：他在不在打呵欠是很难辨别的。

“他干什么的，现在？”一寸五分丁胶似地追问。“他想找事吧？那老头儿像在什么地方见过。”

“那三十几岁的想找事。”

“老头儿呢？”

“他有个事：当录事。”

“录事？他……”

一位四十岁上下的秦先生随手拈了一角广东月饼塞

到嘴里去。

“老王你干么那么关心他?”秦先生嚼着说。一大滴吐沫从嘴里迸出来，他赶快用手背揩去。

“我爱打听这些事，”一寸五分丁也拈了一角月饼，嘴更张大了点：可并不是吃月饼，他是说话。“我高兴起来还得做个统计：找事的多少，撤差的多少，找到事的人多少，什么出身找到的什么事。这是很有趣的，而且……”

秦先生又拈角月饼。

“得了罢：自己的事还管不了还管别人的!”

“怎么，这也是社会问题呀。”

他觉得这句话说得很漂亮，便又自语地重一句：

“社会问题呀。”

手里的月饼好几次要塞到嘴里去，嘴老没闲。这回很快地丢进嘴，像是再迟一下就没机会吃似的。

“社会问题!”秦先生咕噜一句。又吃了一角月饼：他的吃月饼仿佛不是为了自己，只是替别人尽义务。

一寸五分丁当作没听见，他钉着刘培本问：

“那老头是……那梁……梁……梁什么啊?”

“梁梅轩。”

“梁梅轩。梅兰芳的梅?……录事，怪不得!那付可怜相一老一实全摆在脸上，所以说……”

刘先生摆着同情的脸色。

“嗳，他真可怜。他在外面混了一世，如今还是录事：三四十块钱要养活一家人，家里有个太太，还有个媳妇，儿子不知在那里当警察还不知是勤务兵。三四十块，他也要活下去。……其实他书读得并不怎样。”

坐在角落里的一位先生，一脸须根，和尚头，被叫作罗汉，他一直在默然抽着烟，这里他突然站了起来：

“他们本领真大：三十几块钱，要付房租，要吃饭，要养活家人，他们也维持下去了。说不定他们还要到夫子庙喝喝茶，听听戏，高兴起来要去看看电影，他们倒也不觉得苦。本领真大。年青点的还要嫖嫖姑娘，他倒并不负债。吃也吃得不坏。我们也一样的是人，我们总是不够用。这道理我无论如何想不通。”

秦先生插进来了，他嘴里又衔着了月饼，说起话来像掉了门牙似的声音：

“人总是这样的，各人有各人的活法。他们现在一个月，譬如说一个月拿三十五块钱，刚够用，要是五十块一个月呢，还是刚够用，他决不会每个月贮蓄十五块的。人总是这样的，对不对？譬如我们……就譬如老王，你每月二百六，你刚够用……”

“我不够用。”

“唔，你不够用。譬如一个月亏五十块，不，我们就说是四十块罢——每月亏四十。你要是加了薪，加到三百，你还是不够的。加到四百，你也不会每月积蓄一百块的。人总是这样的。他们当特任职的，每月八百，他靠这八百可聚不起钱来。”

他停了停，把碟子里最后一角月饼放到嘴里。

“人总是这样的，”他很快地吞了嘴里的东西。“说是这样说，但是每个人总是想升官，小官想大点的，没官做的想做官。”

刘培本先生觉得发言的机会到了，他搓搓手。

“的确是这么一回事，”他慢慢地说。“就像那位梁梅轩那样，他非常想升个办事员。其实据我想，升到了办事员他还不够用，又想要科员了。十等科员要升九等，九等要升八等，但是都不会满足的。他升到一等科员又希望当科长秘书了。还而且……”

他咽了口吐沫又说下去：

“还而且……至于有许多不必做官的，他也……我们是没有法子，是不是，除了干这些东西以外我们只好饿肚子的：我们不会做生意，又不会打铁，只好靠靠‘等因奉此’吃饭。他们呢，根本不这样想，他们以为在机关里吃碗饭是了不起：他们有许许多多，我亲眼看见许许多多，他们本来有方法吃饭，但是他们……”

秦先生很快地——

“但是他们想做官！”

“对了，”过一回，“对了对了，”刘先生微笑着。“就像那位白慕易同志……”

说着就打住了，点一根烟卷。

秦先生瞧着他的脸：

“那位白同志就是个想做官的？”

“不错，”那个把两个腿子叠着，把皱了的衣裳弄弄好，做个很舒适的样子：你一见就可以知道他有大篇话要说。“不错，白同志的确想做个什么机关的职员。你们猜猜看他出身是什么？”

“中学生。”

刘培本先生摇摇脑袋。

“完全不对。你知道他是什么：是裁缝！他是个裁缝，在他自己那地方当裁缝的。大概后来他觉得当裁缝没出息，或者是以为失了他的身份，他就只想到衙门里吃份饭。他后来跑过几个机关，最近在那个县公署里当过几个月承发吏。……”

“什么？”

“承发吏——官吏的吏。……唔，承发吏。此外大概还当过二十块钱上下的小官。其实他做裁缝每个月也可做二十几块钱，好的月份甚至于可以赚到四十。但是他不愿意干：大概总是怕失了身份。他家里倒是……说句腐化的话，是所谓书香世家，到他上一代手里就很难维持了，他父亲是开子曰店糊口的，大概因此慕易同志不屑做裁缝。其实做裁缝做官有什么上下，不都是一样的职业？而且……唔，很困难：找什么事呢？办稿怕他还办不了。管账呢，别人不会凭空请你管的。只能当当写字的路子了。不过也还是……”

“我说那位白同志准没见过世面，”一寸五分丁说。“你想，别人大学毕业，大学士，还有当司书录事的哩，你凭一个木匠资格——是木匠吧？”

“裁缝。”

“是啊，裁缝，你瞧！”他摆摆手。

刘培本于是说了许多实例。像一个北大毕了业的找事找不着，只得替一个小学校当门房。像一个在美国学电工学了十一年回国，在一个地方当书记等等。他一面说一面来回地走着：从这排窗子口走到对面。时时抬起头来瞧瞧壁上挂着的字画：都是带灰黑的，有许多蛀虫啃的洞。在许多中国名人字画挤着的中间，还有帧油画怪孤独地呆着，刘先生向这帧画瞧的时候顶多。

说完了那些故事，刘先生就在油画前面站住了。这是他一个朋友画的，据说属于后期印象派，要是你第一次到刘先生书室里去，他总得介绍一下：

“这是我一个朋友画的，好不好？这是后期印象派，不是前期。我这朋友在巴黎学画学了八年。”

那你当然要去看那画了：四五个胖胖的红得发紫的苹果像生了冻疮，一个麻油瓶，旁边站着个断了膀子的女人，很起劲地瞧着那瓶麻油，再次是个话匣子，后面还有几个黄色圆东西——不知是皮球还是窝窝头。……

“所以很困难！”刘先生结束他的谈话。“可惜我没有学到一行手艺，不然哪个高兴来干这……”

罗汉先生在这儿发表了一个意见：他认为出身不出身满没关系，最要紧的是人缘。

“可是人缘还不如机缘，”秦先生修正一下。

“那自然，”罗汉微笑着。于是又放低了声音：“机缘的确最要紧：阿望现在不是靠臀部吃饭么。”

几个人都从心地笑起来。

“糟糕透了，”秦先生说，“白慕易同志连这点都不够资格！”

然而从刘秘书家里辞了出来的白慕易同志可不这么想。他满肚子热。

梅轩老先生

一

白慕易先生一身的汗，跟着梁梅轩老先生走。

太阳照得正起劲，把街浴成牛乳似的颜色。

街上很挤，多半是些老妈厨子之类的人物。每个人手里提个竹篮子东闯一下，西闯一下，像不认得路似的。等篮子里堆满了动物的植物的肉之后，他们就提回去给他们主人润舌子。此外菜市里也有太太们：撑住把红红绿绿的绸伞，穿着皮鞋，用种不会失身份的口吻跟屠户或者鱼贩子争价钱。满足之后，她们说不定就跑进牛肉店。或者还要去切半斤火腿。得意地瞧瞧手里的篮子，她们便满不在乎的样子出了菜市。走到半路也许想起还得买一斤开阳。微笑永远堆在她们脸上：她们估算一下，一斤豆芽比王妈买的便宜两个子，一斤半肉得便宜四个子，每天一共上算二十来个。于是带着这胜利劲儿，坐了两毛钱洋车回去。

他们甥舅俩走得怪费劲：才让开一个菜篮子，又碰到一辆洋车。梁梅轩先生打算冒火，可是不好对谁发作：那些粗人不屑计较，要是吃了一个车夫的眼前亏，那真丢面子！女太太们就，他觉得在上流社会里总……

梅轩老先生把所有的烦躁挤在眉毛中间。

“这样没有秩序！”他吐口沫。

“Hay，你为什么吐唾沫到我身上？”

“你……对不起对不起，我没有看见。”

车辆也挤着过不去了，车上的人都埋怨地瞧着那十三号巡警。那怪可怜的巡警其实在忙着：左手揩汗，右手拿棍舞着，裂开嗓子叫——别人和他自己都不大知道在叫着些什么。好大一会他才意识到他自己的职责，于是打清前面的路，让最光烫的一辆汽车最先过去。

白慕易跳到一家烟店里躲过了汽车之后，不见了梁老先生！

“糟了心！”他想。

他到这地方来还不到一星期，一条都认不得：他一个人是怎么也到不了他五舅舅家去的。他低一下头避过一把淡紫色的绸伞，穿过两辆自行车的中间，颠起脚来找寻。

可是其实不用着慌：梁梅轩那付侧面相在老远就可以看得出的。他一张嘴比脸部其他的任何东西都高，像半岛似地突出着，就是说别人的脸以鼻子为重心，而他的是以嘴。白慕易跟他五舅舅梅轩老先生分手二十年，前天一看就认得，也全靠这个。

结果你可以想得到：白慕易一找就自然找到那张嘴了。

两个人转了湾。

梅轩老先生把他瓜皮帽取下，透了口气：

“啊，好了。”

白慕易掏出手绢揩汗，他觉得夹袍还穿不住。

“这南京，真热。”

“这是走路之故，”那个鼓住嘴又透口长气，他的嘴显得大了一倍。

“河南没有这样热。”

“那是北方，那当然。报上还说蚌埠落了大雪哩。虽说是北国，不过总还是早了一点。”

梅轩老先生接着又叹息地：

“这几年来天时总不正，时热时冷，而且热呢非热到极端不可，冷呢也冷得……几十年来都没有的。……洪杨之乱的前几年也是这样，可见得……”

“唔，”白慕易随便应了句。

他对这洪杨不洪杨一点感不到兴味。他想谈谈刘秘书，可是不知要怎么说起。

他很瘦，一付身躯装在那件有点嫌大的夹袍里，竟像呆在一所空洞的屋子里一样。脸有点灰，因此颧骨显得很高。嘴边和眼角上的皱纹里填了些灰土，三十六岁的人看来就像四十以外了。头上一顶——他叫它做博士帽：博士帽嵌在后脑勺上。

“你饿不饿？”梅轩老先生突然问。

“不饿。怎么？”

“我说要是饿了就请你去吃酒酿元宵，前面那一家的最好。”

“不饿。”停会：“在刘秘书家里那些月饼一吃就饱了。”停会：“刘秘书家里的月饼倒还好。那是什么月饼？”

“广东月饼。其实广东比……”

白慕易怕他五舅换了题目，赶紧说：

“刘秘书他……他……他……你老说他这个人……他……刘秘书这个人……”

“人倒是个好人。”

“不晓得他对于我的事……你老说我有不有希望？”白慕易瞧瞧他五舅那张嘴。

“这要看机缘如何，人生在世是讲不定的。”

“刘秘书说或者把我找个录事。……录事不大容易吧，你老说？”

梅轩老先生嘴角上闪了一下微笑，叹口气：

“总而言之要看机缘。”

两个人沈默着到了梅轩老先生的家。白慕易几次张了张嘴都没说话。他有点兴奋，脸微微发红，全身像有种热气在奔流。他老是记起刘秘书，那张扁脸在他印象里打了烙印似的，他相信即使喝了“孟婆汤”还可以记得住。刘秘书嘴上那一排小胡子，他觉得知道它有多少根，仿佛细细数过的。刘秘书屋子里那些陈设，他想自己一定说得出，什么桌上有些什么玩意，哪张椅子在哪里，有多少个痰盂，有多少个茶杯。他仿佛记得那张其大无边的写字台上有尊铜佛，并且还记得它是挤在一口小闹钟旁边——不过这点有点靠不住，说不定不是闹钟。

“这样阔的人还用闹钟么?”

于是又想起刘秘书家里的月饼：那么大一个！盘子里的是一个切做四块的——说不定是切做六块八块。唔，一定是四块，因为六块八块很难切得匀称，不过刘秘书家里有那样的人才也讲不定。他记不起吃了多少，总而言之刘秘书很客气地请他多吃。月饼是什么馅子的到现在都想不出，带黄色，又有点淡绿色，有香气，甜得腻腻的，可是很好吃。他舌根上老回着酸。

白慕易总想再跟五舅谈刘秘书，可是刚要开口，又像前几十年的女人谈起丈夫那样难为情。

梅轩的儿媳勇嫂一见他们回来就提个壶去冲水。她将近三十岁，额上一崭齐刘海，给刨花水涂得胶起来。脸是酱油色。两腿在站直的时候成个棱形，像个老骑兵。

“娘呢?”梅轩老先生问她。

“到沈太太家里去了,”她泡着茶。

“哼,又是去哄酒吃,一定是!”那个没命地叹口长气。

“她老是……她老说沈太太有件衣……”勇嫂多痰地咳嗽着。

“讲当然是那样讲,那当然!”

勇嫂又咳,脸涨得发紫,一条条青筋突着。一口痰好容易出了喉管又把它吞进去。

梅轩老先生抽着烟,皱了眉瞧着白慕易,轻轻说:

“你五舅妈别的倒没什么,就是贪杯,每天……”

“贪杯?”

“喜欢喝酒。”

他嘴使劲突着,像不高兴呆在脸上,想要飞出去。白慕易傻了地瞧着五舅那张嘴,瞧着五舅走到那张格子窗前又走到床边坐着。地板上满是水烟疤,像秋夜的星空。壁上糊的白纸转成黄灰色,随处还有给水浸成的灰黑条纹,幻成一幅幅风景画。

那位老先生叠着两个腿,把身子摇着,那张床也就不耐烦地叽咕叽咕地叫。他没命地抽了几口烟,就把剩下的拈掉火头,放到烟盒子里。

“男人家吃酒倒……”梅轩老先生磕睡似的声音。“吃酒倒并不要紧,我自己也吃。不过女人家总……你要吃你就少吃一点呀，何必每饮必醉……你五舅妈就是爱吃酒，酒简直是命，那真是……而她又没有酒德。酒德，要紧的是个酒德。她一吃呢那就，哼！”

白慕易没把五舅的话听进去，可是装了付非常注意的样子。

那个还怪起劲地说着，从酒德回到她太太身上，又谈到他的家庭，最后归结到他的境况。这老头谈着谈着就让嘴突得更高了。眼也尽量睁着。于是用了种恶毒的句子骂他的同事：他一说到他自己的境况他就得动气的。

“……还有个姓吴的，什么家伙，他也当办事员！办个什么事——吃饭！娘卖 mapi 的，一窍不通：怕叫他写收条都写不出。他还以为自己当了办事员了不起，那个臭架子！”

白慕易便叹了口气。

老头用劲地站了起来，那张床就咕地一声。

“什么才能不才能都是哄人的，只要你有运气，有后台老板。……我呢……我……我当然讲不上有什么才具，那当然。然而我总不至于不通罢，拟拟稿总还拟得，还而且我相信总比那些忘八蛋写得通顺些。然而……这真是天也命也。……我在外面混这多年，还是录事，还是替别个钞东西，什么东西都叫你钞，什么猫屁不通的东西都要钞，娘卖 mapi。”

“你老不拟稿？”

“拟稿，配？录事啊！”

那个脸红一下，不大流利地问：

“拟稿办事员拟么？”

“办事员，科员，都拟稿。然而全科要找个写句子写得通的都没有一个，他们也不怕丑，不管三七二十一就拿起笔起稿，看见了不怕笑死人！科长秘书也没有几个懂公事的，不通就不通，他们不会看，当然更讲不到改了，就这样。这世界！”

“世界上所有的秘书是不是都这样？”

“哼，差不多。”

“刘……刘……”

“刘哪个？刘培本么？”这里梅轩老先生停一停。“刘培本倒是懂公事的。我们那里就没有个像他这样的人。我们那里的秘书是，哼，再不要讲起。”

白慕易有点不舒服；他自己不知道是五舅的话使他难受，还是咕噜得使他讨厌。他瞧瞧那张床，又瞧瞧地板——密密的水烟疤，密得叫他打寒噤。房间光线不好，又有种说不出的难闻的味儿。五舅那些不断的话。隔壁小房间里舅嫂在烧饭，老咳嗽着，每声都悠长得透不过气来，而且似乎用了全生命的在咳，像想把整个肺都咳出来。

“怎么过这样的日子？”他想。

他以前虽然知道他五舅过得不大宽裕，可是他总觉得……要怎么说呢？他当然不会想到五舅住着装满了电灯的屋子，地毯，差人，出去是汽车。他知道梅轩老先生只有三十四块钱一个月。不过五舅总是个读书人，是个做官的，对不对。而他过的是这样的日子！总而言之，这和他所想像的五舅的生活是两个世界。

“我呢？”他问自己。

刘秘书说也许可以给他找个录事之类的事。

“我不会跟五舅一样，”他想。

他站起来，拿根烟，用种熟练的姿势去擦火柴。

“第一，我不吃酒。第二，家眷在乡里……”

不管三七二十一，找到了事总是好的。他要是当了录事就跟五舅一样。五舅念了一辈子书也不过是个录事：他马上就得跟五舅“平等”了。他心跳了一下，忽然觉得五舅怪可爱起来。

“五舅！”

“唔？”

“你老如今……如今……”

二

梅轩老先生留白慕易吃饭，他说他有许多话要跟他谈。

“我有许多话没跟你说，前天你来我还没有跟你谈个畅快，我还有无穷的伤心话一点没讲起哩。”

五舅妈没回来。白慕易断定老先生的所谓伤心话准是关于五舅妈的。他有点耽心：要是真的谈五舅妈，他还是安慰五舅，一方面也说五舅妈的坏话，还是应该学个所谓和事老的口吻？可是这两桩他都不会。

关于这对老夫妇他很知道，两个老人都像世界上一般的人一样，有点坏脾气，也有点好处。老夫妇蹩扭起来可很难判定是那方的错。白慕易想他们彼此的不满一定有个另外的原因，不过他想不出这是什么。他试探地问自己：

“要是他们有钱，他们会不会再闹？”

不过事情似乎并不这么简单，他白慕易自己跟太太也常常吵嘴。事后总得可怜他太太。太太是并没错，同时也想不出自己的错处：这可真怪！

“刘秘书跟他刘太太是不是也……？”

梅轩老先生吃饭的时候喝了许多烧酒，又辣又苦，喝下去像很烫的开水，热辣辣的从食道流到胃里。白慕易感到喝这酒是件苦事。可是梅轩老先生满不在乎地一大口一大口往嘴里倒，仿佛喝了于他有好处似的。

这老头的脸愈喝愈苍黄，只眼睛是红的，眼外一圈黑。他时时用小指去剔牙。

“你今年三十几呀？”五舅像生气地问。

“三十六。”

“三十六，好快！”

很重地叹口气，又说：

“连你都三十六，弹指光阴。连你都三十六……”

他接着笑一下，笑得并不叫人怎么舒服。大篇话就这么开始。关于五舅妈只说了一点，还是抓住了酒德不酒德攻击她。过会又告诉白慕易，五舅妈除此以外没什么缺点，除此以外她是个世界上顶好的女人。不过只是这喝酒一点，也就够受的了。

沉重的话声里时时夹着舅嫂的咳嗽，像是谈话的伴奏。有时咳得盖过一切声音，似乎故意要打断梅轩老先生沉闷的谈话。白慕易耽心地一直听到她的痰咳了出来，于是才轻松地想：

“好，出来了。”

可是老不听见吐出来，他才记起她是要把咳出的痰吞下去的。

接着她又咳，这两间屋被她咳得在战栗。她看来像很性急：仿佛一个人一生的咳嗽有定数，她就想赶快把它咳完。急促地一声紧着一声，像在跟谁挣扎。

梅轩老先生在她咳得顶起劲的时候也只好把话打住了，不耐地皱皱眉，等她把痰吞下去之后又谈话。

“酒倒并不要紧，我也喜欢吃。你五舅妈是不能吃，一吃总……不过按说呢，要是我境况好些也不会……那当然，你讲对不对？……我吃酒是为的解愁，用酒浇我心头的块垒，块垒，那当然。……”

“不过你老……”

五舅打个手势叫他别岔嘴。他咽口唾沫又往下说。

“我怎么不愁，我这境况，你看看。钱就没有钱，田就没有田。老子在外面混了一世还没有蓄起一个铜板来，一天料不到一天：吃了早饭，到中饭时候会不会饿肚子还是个问题。亲戚也没一个阔的，没有一个。真是六亲同运。你叫我怎么不愁。”

这里他停了一停。他瞧见白慕易打算要开口的样子，他便又打打手势禁止他。

“那当然，你叫我怎么不愁。……你三十六了，我跟你还是……庚戌，己酉，戊申，丁未，还是丁未年看见的，光绪三十三年。那时候你还只有……甲，乙，丙，……你还只十岁左右。一别就别了十几二十年：在这二十年里我成就了什么？年复一年，我做了什么事呢？混了一世我还只是替人家写字，当录事！录事，老实告诉你，录事硬不是人当的。当了录事的人一定是前世造了孽。……你舅弟呢，他只是一个人养活他自己：家里就只我一个人撑，老夫一死，大家散场……”

“那倒你老不要这样讲，”白慕易点了支烟。“一个人活在世界上……”

“你想我还有什么希望么？”那个几乎是叫着。“老子五十几岁了，还希望什么！什么希望，我连想都不想。你们当然还有希望，你们年纪还青。……我喜欢你：你最有志气。”

白慕易脸红了起来，嚅嗫着说：

“我恨我没读什么书，我……”

“不要那样讲!”五舅严肃地校正他。“读不读书有屁关系！我们那里那些科长秘书还不如你哩：你尽可以当秘书科长。”

那个怔忡了一下，勉强地微笑着：

“哪里，你老……”

“呃，真的，决非戏言，”梅轩斩铁截钉地。“你的确有希望，我喜欢你。这多亲戚，后辈之中有希望的只有你。你们老人家在世的时候也最器重你。……”

梅轩老先生闭着眼，独白似地说下去。声音更沈重，因此常给舅嫂的咳声掩住。这回他并不打住他的话等别人咳完了再继续，只不住地说，一停止仿佛就说不下去的样子。脸更苍，更严肃，眼圈也比前黑。

“你不要小看了你自己，你最有希望，你们老人家对你期望最切，可惜他老过世得早。你们老人家你还记得么?”

并不等着回答就又说下去。

“你们老人家开了一世子臼店，虽然是一生清贫，究也有自得之乐：你们老人家正是贫而乐的一种人。那当然，那当然，纵是清苦，他的总是高尚事业，自已问心无愧，对你们祖先也对得起。你不要看不起教书先生，不过是在乡下，要是在这里看！——如今那些大人物十有九是教书先生出身。……你们是书宦世家，虽然近几十年来衰微了，然而一代一代，都能够挣气，一直到你们老人家这辈，都没有辱没家声。你呢，自从你们老人家一人见背，你们老母亲就计无所出了……”

白慕易这里赶紧插嘴问：

“什么?”

“计无所出。就是讲你们老母亲无法维持。……那当然，一个女子怎么找生路呢，你想?送你读书不起，只好把你辍学，送你去学手艺了。你们老母亲为这件事对我哭，对我讲过好几次，我虽然反对，然而也没有个……你老母也难怪，那当然，不过你……”

那个听到五舅提起学手艺，他就像血管给一个铅块堵了似地难受。

“那时候……那时候我……”他自己也不知想要说些什么。他取掉他的博士帽搔搔头又把它带上——他一直没取下他的帽子过。

“以后是这样的，”梅轩老先生张开了眼。“你后来……你究竟是个好孩子，你……”

隔壁房间里訇一声：打碎了一个碗。

“怎么?”老头问。

“一个碗打破了，”勇嫂说了就咳。

“你看!”

“不晓得怎样一滑就掉到地上了，我还不……

Khukhur，Khurkhur，khurkhur!”

“叫你小心些，你偏……这不是混账么？……你不要想着这不是你赚的钱你不伤心：一个人活在世上顶存不得坏心。”

“Khurkhurkhur，我又不是故意打碎它，”那边抗声地。

“好，你把那些碗都打碎它罢!”老头站了起来。“你怎么不痛痛快快打一下，横竖不是你的钱买的。再打呀，怎么又不打了呢。”

“五舅你老算了罢，勇嫂是一时不小心。”

“要是她认了错倒也没什么：一个碗就一个碗。她还跟你强嘴，你气不气！无论世界怎样文明，大辈总是大辈，没有个大小总不行，那当然。……她打碎碗不止一个。我五十几岁了，辛辛苦苦每个月赚三四十块养家，几个碗能给她这样打么——再打几个还有屁!”

停了会，梅轩老先生要说话又没说：再说下去似乎没什么意味，马上换个题又嫌太骤。

沉默。

白慕易怕五舅再谈到他做裁缝的事，急于想另外找个话头。

“你老也留了几个钱没有？”他说出了口又想：“我不该问这句话。”

“留钱？”梅轩老先生似乎吓了一跳。“怎么留法？……所以我非常之着急：要是一旦没有事，一家人那只有饿肚子。”

他叹口气。

“横竖我老了，”他往下说。脸上板板的一点表情没有。“我并不希望什么，那当然，也无从希望。没饭吃，横竖是大家，我倒不怕。我把一家人背在背上，苦苦的背了一世，总尽了我的心，我总对得起家里人，将来见你们叔外公于地下，也交代得过。……因此我常常吃酒：我老了，应该也要寻点乐趣，酒算是我的知己。我是知足而乐，我并不希望什么，官升不到，我从不希望升官，我也不妄想发财。……”

白慕易脸上尽可能地打起皱纹来，闷闷地说：

“本来做人没有什么趣味，人是……”

“嗳，你不能这样说。我老了，我应该说这些话的，在我这年纪，你想想，不看透还能做人么——那不连我这老命也送掉？……你才三十几，刚过了所谓而立之年，还有一大半人世没有过，怎么可以说这话。你希望无穷的，不比我们老朽。”

这老头就格儿格儿地笑着，像鸭子叫。

白慕易要安慰安慰五舅，他记起别人告诉他的古时候一个愈老愈起劲的一个大人物来。

“你老不要这样讲罢，你老并不算老。古时候有个……有个姓……古时候有个哪个的，他八十遇文王，他叫做……”

五舅笑了笑，不言语。

白慕易去的时候又记起刘秘书；他那博士帽取下对梅轩老先生鞠躬又带上，可不就走。

“五舅，刘秘书说要是替我找到了事就来通知我们，不过他不晓得我住在哪里。”

“他当然通知我，用不着再找你了。”

“你老看一个录事的事会成么？”

“那讲不定，那讲不定，”那个不高兴地。“有人找事一找就找到，有人找几年都找不到——几年！还有个人也要找录事当，等了几个月，没有成功，他穷得没办法，当勤务兵去了。真可怜，他还是个大学毕业的！”

白慕易心头像给谁没命地打了一拳。

“大学毕业的怎么……？”

“所以要碰运气呀。”

三

梅轩老先生由白慕易想到一个姓石的同事。

“娘 mapi，这姓石的也配录事，当勤务兵都不晓得够不够资格哩。”

他吐口唾沫——

“呸！”

把一张嘴紧紧闭着，嘴因此显得更阔。眼睛还红着，有时发烫：他拿那蓄着长指甲的手去揉着。过会他坐到桌子边，拿出信纸，用种怪儒雅的姿势吮着他的小禄颖。可是他并不写，笔在纸上的空间打着圈，像个要想抓到什么食料的鹰。这么看三四分钟，梅轩老先生把笔向桌上一摔，那笔就毫无顾忌地尽滚着，一直滚到地上。

他不检。他轻蔑地瞧了它一眼又站起来。

“我刚才要做什么?”他对自己的举动都诧异了。接着忽然又诧异到另一件事上去：日子为什么忽然一下子过得那么快起来。他结婚到现在足足有三十年，天知道怎么一来糊里糊涂就过去了。结婚的一晚像就是昨天，他跟新娘都螺蛳似地害臊，吃酒的人大声调笑他们。保险灯上的玻璃珠子给风吹得飘荡。桌上放着许多糖果。

梅轩这里又沾上点乡愁，他希望能在那保险灯亮着的新房里过一辈子。他想到一些传说：世上的事过几万年轮回一次，每次的人物，历史，都是一样的。

“下回轮到了我……”

下回轮到他，他得好好消受这三十年。他无论如何不把田产变卖，老住在故乡，喝酒，还做点诗，后门外的竹山上他得去栽点菊花什么的。他还得每天向太太……

又揉揉眼睛，接着用小指掏鼻子，他考虑着下次的轮回里，他要不要讨现在这个太太。这个太太许是好人。可是——

“连累了我一世!”

太太喝了酒常跟他吵嘴，这是要败家的预兆。有一次三十几岁的时候，他太太不肯给他补衣袖，他俩就骂起街来。两个人在这种事上已经练成了老手，恶毒的咀咒便像钟摆似地在他俩中间两边摆。梅轩先生觉得生平没那么发怒过：他一面咒到了岳母，一面从衣柜里抢出他所有值钱的衣，浇些油，点个火烧。

“横竖我没有穿衣衫的命!”他濆着唾沫。

绸面的皮袍棉袍发怒地冒着火。满院子黑烟。到处窜着烧鸡毛似的臭味。

太太有点伤心，嘴里可说：

“哼，烧把哪个看!”

“我烧我的衣，干你屁事!”

“烧，烧，好！你想我会可惜它！……烧，烧……怎么不把房子也……房子也……也……”

她就哭了起来。

房子可没烧，卖掉的。衣裳是，梅轩老先生三十年来没做过件把光烫的。有时到街上去，他红着脸瞧着别人的袍子——走到什么地方去都不会惭愧。一去赴什么宴会之类他就难受得要发抖。见了朋友的大绸皮袍，他便得想到这就是烧掉了的那件，衣襟上有块油迹；对，那是引火的豆油。仿佛他就闻到了烧时的臭味。

“那时候，家里怎么有那多的豆油存着?”他想。

"伯勇的娘也太……"似乎答自己。

不过近几年来，伯勇的娘像把脾气变好了一点，一天到晚不大开口。喝酒可进步多了，喝酒！……现在她还不回，也许醉倒在马路上。……

梅轩老先生皱着眉，攒着嘴，一直到晚上。勇嫂带着她不断的咳声进房出房。桌上的闹钟急促地响着，把时间一分一分带走。那支小禄颖还躺在桌下，不耐烦地瞧着梅轩老先生。

"她一定醉死了，那当然，那……"

他喘起气来。为要迸放出心头闷着的些什么，他很很地在桌上訇地打拳：正打在一串钥匙上，痛得赶快缩回。

"娘 mapi，钥匙放在这里！"他说。

断定她是醉死了，他就仿佛亲眼瞧见她躺在马路边。她旁边一定围着些下流人看热闹，用粗话谈着：反正她自己不爱面子，管他！躺着躺着也许有个巡警过来了：他得弄醒她，问她哪里的。她说什么呢：她说她是梁梅轩的太太！她或者还要告诉别人，梁梅轩在什么衙门里当职员——录事，三十几块钱一个月，而且……

"糟糕！"梅轩老先生在肚子里说。"糟糕，糟糕，糟糕！"

八点多钟太太回来了。酒是喝过一点，可不像梅轩老先生想的那么糟。

这你当然可以猜得到，他们像发条开足的机器一样，非吵嘴不可了。老太太有这么个脾气，她犯了什么过失，她最恨别人说她，反是平常没做错什么事的时候，说她几句倒满不在乎。所以梅轩一作起势说她回家太晚，她就非常流利地说：

“晏了么，晏了么，晏了么？你看看几点钟。你倒常常半夜里才回来，我一出去你就这样讲那样讲！……现在就晏了么，你看看再说话罢！……这回我随你怎样要去买个手表来，当当都要买。……动不动就讲是晏了！……看到底是哪个回来得晏，看看！……你当我……”

就这么着闹开来。梅轩老先生以为她不该喝酒，他自己喝几杯倒并不在乎，因为一个是男子，一个是女人。他有点气促，把这理由结里结巴叫了老半天，别人还听不出什么所以然。他说着拍着桌子：上面那串钥匙早扔到了地上，他手捶着不会疼了。

“哼，男人家！”太太用了短音阶的调子。“你还当如今是老古板时候么，你还当我是……”

梅轩老先生很重地在桌上一拳：墨合，烟匣，桌上的一切，都吃惊地跳了一下。

“好好好，那你去学时髦好了，你去你去……你去学那些娼妇，去剪发，去去去……去穿……去穿……”

“什么，你骂我娼妇，你骂我……”

一些现成话在两个人嘴里往返。两个人都有点疲倦：这些话是三十年来常常挂在嘴里的，每星期总有三两回要把这些老花腔向对手掷去，老是这么一套，老没有变化。彼此都料到自己这句出了口对方一定答什么，像梅轩老先生在衙门里抄写的例行公事。

吵着吵着他们声音小了下去。梅轩老先生右手发胀，不再敲桌子了。

话还在说着：两个都想要对方先闭嘴。

勇嫂对梁老太太咳嗽着：

“Khurkhur，算了罢，你老。Khurkhur，你老尽讲……Khurkhurkhur。”

“是他要吵末，是他要……他要……”梁老太太用手摸摸头发，一面哭了起来。

梅轩老先生叹了口很长很长的气。

沉默。

“勇嫂你倒杯茶把我，”梁老太太说。

似乎很口渴，她把茶一口气灌下肚。她老拿眼去瞧瞧梅轩老先生，两对眼碰在一起的时候她又赶快移开。她想他近年来脾气变成更坏了。他凭什么来发脾气？如果他地位高，钱赚得多，他爱吵就让他吵一点，她还服气些，可是现在……

她又要第二杯茶。喝下了的酒似乎把她全身的水份都挥发干了。

梅轩老先生又抽了口不比先前短的气，接着反着手在房里踱起来。脸上像涂了一层灰色的油。眼睛红得发光。他仿佛在想什么，又似乎有什么话要说的。

梁老太太眼珠跟他走。瞧着他那苍白的画满了皱纹的脸，她知道他给近年来的牢骚把身子都磨弱了。他少年时很觉得他自己伟大：有一肚子“经济”，将来的生活是光明得耀眼的。可是一下子就是几十年，并没机会用到他的那经济。现在只能切实点地希望着最目前的事：譬如加十块钱薪，或升个办事员之类。她现在已死去了前几十年的对他的信仰，代替的是，五成轻视，五成怜悯——梅轩老先生这么大年纪还得把家人的肠胃背在背上，撑持着门面。

她老瞧着他。忽然她泪腺里挤出了几滴水，就怕人发觉地赶紧揩去。她感到自己的身世，追怀往年的盛况，她心头永远印下一块阴影。

梅轩老先生站住了。他绷着脸。

“都是为了背时，”他叹气。“真背时啊!”

还想要说什么，可是闭住嘴又走了起来。

勇嫂把后房的灯灭了，到这房里来就着灯光补袜子。她头低着干她的，仿佛房间里只她一个人在着。似乎为怕太吵，她拼命把咳忍住，一呼一吸听得见她肺里呼卢呼卢痰响。有时忍不住咳起来，就爆裂什么似的一大声，痰就像弹丸地射了出来。

静默了十多分钟，梁老太太问：

“明天买什么月饼？”

梅轩老先生嘶着声音说：

“多买点枣泥的罢：你喜欢吃枣泥。”

他们都平静下来。梅轩老先生想这么吵嘴不是好兆头：愈吵愈背时。第二天拜了祖，他提议两个人在祖宗面前赌个咒，以后彼此都让步一点，使家庭和睦起来。

“还有呢，你下回少吃点酒，”他说。

梁老太太笑，脸有点红。

“那你呢？”

“我也……我倒……好，我也少吃点。”

他们这天都很快活，相对坐着啃着月饼。梁老太太眼泪淌出来一下，没给谁瞧见。梅轩老先生偶尔瞧瞧她，不知怎么就联想到明天八点钟又要去办公，他就全身发了一阵冷。

弟兄们

一

白慕易住是住在他一个本家哥哥白骏家里。并没什么不方便，他像住在自己家里一样。他很快乐，每天一早起来就把博士帽嵌在后脑上，跟白骏夫妇谈闲天。这里一切都没有梅轩老先生家那么黯澹：什么缘故？很难说。也许因为白骏有八十块钱一个月吧。

白骏是个长脸，是个好人。肩膀像金字塔似的尖削，武装带挂上去常要滑下来。

“你五舅真有些酸里酸气，不敢领教，”白骏说。

那个用鼻子笑一下。

家里每天下午五点钟以后总有些同事同乡来。有时候打牌。他们都是二三十岁一个，谈起话来有他们一套术语。白慕易虽然不大懂，可是只等一有机会就插了进去。

“老白，我们那里添了个女同志，”牙齿突出到嘴唇外的赵科员说。

“哦？”白慕易像很熟练地插进来。“还好不？”

坐在角落里的王老八在咬着指甲，他忽然跳起来：

“当什么的？”

“自然是司书。”

白骏的太太微笑着——她永远微笑着的，因为她有一次微笑照个相，个个说这相照得美极了。

“怎么‘自然是’？”她问。

“女同志总是当司书，”赵科员礼貌地笑着，牙齿似乎更突出，更长了点。“男女平等平等，女同志究竟不同，她们办的事真不敢领教。有些一点事都不办，你送公事给她写，她相应不理。八点钟办公，她九点半钟来。时时刻刻要请天把两天假。她自己送假条子到长官那儿去。长官要是风流点的，还要搭讪几句。长官要是故意不准假呢，这位女同志就把屁股这么的一扭：‘唵，不吗。我一定要请假。’这真只有女同志干得了：女权高于一切。要是我们，硬碰硬，不准就不准。你要是也学了女同志的把屁股一扭，‘唵，不吗。’这位长官一定要奇怪得昏过去：‘咦，这家伙真怪，怎么，神经病么？’”

“我不信，就有这种事，”白太太否认着。

“真的有，你不信问卫复圭，卫复圭是向来不扯谎的。”

大家的眼转向卫复圭。

卫复圭抬起他那张黑脸，把三四分厚的眼镜架上一点。

“女同志却是不同些，”他静静地。“不过像老赵那么说的我倒没看见过。……”

“哪里，我亲眼看见的：就是谁呢，就是那回你看见的那个李同志。你别给你的密司程辩护了罢。密司程倒也许是例外。”

“有或者有的，”白慕易马上插进来。他取下博士帽搔搔头又带上。还打算说些什么，可是想不出一句话来。他对他们每种谈话都感到兴趣，他觉得他在学习什么。

“现在机关里的男职员都把女职员另眼看待，”卫复圭还是那么静静地，像只有他一个在说话似的。“女子比较上能力是差些，这是一点。这是难怪的：男子做了几千年的事，而女子才开始哩。还有一点是，现在的一般所谓女同志自甘做玩物。”

白慕易像炸药似地轰出来：

“玩物？”

“玩物，”那个冷冷地瞧他一眼。“这当然怪不得她自己：社会使她做个商品的。”

略为停一下他又：

“有几个女职员能力特别高，特别高，所有的男职员都赶她不上。”

“怎么会特别高呢？”——这又是白慕易。

那个微笑一下。

“或者是什么天才。”

“这天才当然是，”王老八说，“当然是说他的程同志了，对不对，老卫？”

白骏张大的嘴：脸子更拉长了。

“我们卫同志是女同志的忠实同志。”

“呃，是程同志一个人的忠实同志，”王老八忠厚地调侃，忠厚地笑起来。

白慕易觉得这些人每个都怪可爱的。每晚白慕易取下他的博士帽上床之后，他总得把日间大家谈的话温习一遍。想到他们都待他好，当他自己人看待，他心跳起来，皮肤上有泡在三十六七度的温水里的感觉。

他羡慕卫复圭：似乎大家都对卫复圭有种信仰，谈论什么总要征求他的意见。他是会说话，无论说什么总有一番道理，他妈的真怪。

“我要好好地学学，”白慕易想。

找到了事，他就是上等人，他得重新做人。他想到五舅说他有志气。他想到刘秘书跟他说的话。

星期日，老赵他们又来了。

“吓，我们新来的那女同志怕就会升官。”

想起升官，白骏拍拍王老八的背。

“保你的公事有没有批下来？”

“没哩。”

“批下来你要相应请客才行哩。”

王老八笑笑：

“等情据此，两包花生米总有的。”

白慕易对白骏低着嗓子：

“我的事不晓得怎样。”

“你才来了十天，急什么，”白骏轻松地说。“有人等什么半年一年的算不得一回事。况且你呢，第一，刘培本答应了你的，他总有点把握，第二……第二……”

“不过我……”

白骏太太对她男人用种可以使白慕易听得见的低声：

“刚舅舅的消息究竟怎样？”

“内是内定了，”白骏拼命遏住他那一脸高兴的颜色。他想像到他的刚舅舅当了个什么长，他准是个总务科科员，百多块钱，还有别的……

“慕易的事可不可以等刚舅舅来？”

“那等到什么时候去”那个用手抵住他的下巴，像要把他那张长脸压短些。“现在应当先钉住刘培本问他要差使。第一，宁可等刚舅舅的事有明命发表了再骑马找马。第二，我总以为……”

“打牌打牌！”老赵叫。

哗喇！——牌倾在桌上。

“来呀来呀，老白！”

“就来，”白骏装着很忙的办事样子，又向白慕易打着手势。“至于你呢……你呢……你可以……你可以那个的，可以……”

他说不下去了，就怪忙地去上了牌桌。

“底和多少，跟上回的一样么?”精明地问着。

白慕易张大了嘴瞧着白骏。王老八从他身边挤到牌桌上去，把他的博士帽弄掉在地上。他红着脸检起来。

“保你的公事什么时候呈上去的?”老赵瞥一下王老八。

“礼拜三吧。准不准还不知道哩。”

“照准照准，”白骏高声地。“王八现在红光满面，还不升官么。这几年王八兔子都走运。”

白骏太太老在等机会笑，这里于是大笑起来。

“王八兔子都走运，”她说了又笑。

大家都没瞧她的笑脸，她便用脚在地上有节奏地踏着，一面装做用心看他丈夫的牌：可是不大方便，白慕易也坐在白骏后面，他的博士帽时时挡住她的视线。

老赵还说着升不升官的事。他表示升官是靠有背景，或者靠自己的运气，无所谓劳绩不劳绩，譬如像——

“譬如王日新，他总算努力的，但是他干了这么久晋过级没有!”

“升官自然困难的，”卫复圭说。“个个想升，你先升谁呢。”

白骏叹口气：

“这么干下去真没意味，有机会我一定要另外找个……”

他太太在他腰上推一下。他意识到些事，赶紧打住。

“另外找也要机会呀，”老赵粗声粗气地。

“是啊，”白骏马上接着。“真是！”

过会他脑袋转向白慕易一下：

“你五舅也是不得意。”

“唔，”鼻子里说。轻微得几乎听不见。

“你五舅呢，我当你的面说，你五舅的脾气也太不敢领教了。你五舅脾气真坏：差不多同乡里面都闹过意见的。他跟我也吵过。”

“为什么事？”

“呃，不说罢：说起来太无谓。……我倒毫不介意，他却非常恨我，不到我这里来。他说我摆架子，真笑话。第一，我这样可怜，摆什么架子啊，见了鬼的。第二……第二……”

“他五舅是谁？”

“梁梅轩先生。”

“哦，鼎鼎大名的梅轩居士！”

“他跟我……”

白骏太太突然像啦啦队似地大叫：

“Hay，怎么可以打五万呢！”

“不打五万打什么?”白骏不高兴。

“怎么打五万?”她又恢复她的微笑。“这里……又是这里……这里是个边张……怎么可以打五万?……你专门讲话，牌都不晓得了。你怎么会不输钱?……让我来打罢，还是。起来起来，让我打。”

“内阁下令撤差查办了,”王老八说了，自觉这句话非常俏皮，一个人大笑起来。

“我不,”白骏。

他一个劲儿不让。吃晚饭的时候他赢了十二块钱。到十二点钟又把赢来的输了出去。

白骏沮丧地说:

“生个儿子又死了!”

白慕易始终坐在白骏的后面，他吃力地看着他的牌，可是没看进去。他时时伸到口袋摸着他那一块二毛钱带几个铜子：糟透了，他只有这几个大了。把铜子敲着响，很低微的，只有他自己听见。敲着敲着拿出手来嗅一下：一股闻了要坏胃口的铜腥气。那顶博士帽老要碰着白骏的脖子，白慕易把帽取下再带过，可又碰着别人的脑袋。他老偷偷地瞧王老八，肚子里似乎非常耽心别人发现他的偷看。他觉得自己有点像他太太从前做新娘的那一晚，他几次几乎要笑出来。可是放心，没人发现：大家的全生命全注在牌上。王老八一点也不会想到有人在悄悄地嫉妒他羡慕他，他脸子和手都在起劲，很响地把牌拍在桌上。白慕易在想着王老八这家伙凭什么升官。这家伙现在或者正走眉运。可是他眉毛长得乱七八糟，像在热水里烫过的鸡毛。嘴倒有点像……

“像那个的，像……”

可记不起了，总而言之这张嘴以前瞧见过。

这晚白慕易没睡着。他闭着眼，跳着心，老记起他的太太：他出来的时候，他太太对他那迷信劲儿！她庄严着脸色送他好几里路，仿佛送个英雄到土尔其去夺圣地似的。

“现在她一定等钱用。”

桌上的表静静地响着，杂着白骏的鼾声。这使他烦躁得要命。

“听说男子打鼾要背时的，”他肚子里说。

可是他自己也有点模糊：也许是说女子打鼾要那个的。他记不上了。

刘秘书……

“哦，王老八的嘴像刘秘书！”

不知为什么他感到轻松起来。他有点热，把被掀开一点。一个人在轻松之中常要想起些使自己舒服的事来。他计划他要是一当了录事就做什么：寄钱回去，第一是：他太太得了钱定得告诉午生：“你爷做了官，做了官！”乡里的人也许不敢再叫他白六娘子，要叫什么太太不太太了。他自己是：老爷！他妈的多够味儿！

有点风，凉了起来。他把被又封得紧紧的。外面鸡叫。有几条狗在嘶声吠着，仿佛怪伤心地。过不一会听见汽车学牛叫，至少每两三分钟有一次。

“坐汽车也不过是个官。……刘秘书有不有汽车坐?”

说起来不管三七二十一，委员也得，录事也得，都是衙门里办公事的——上等人。他可以对得起他死去的老子。以前他在学手艺的裁缝老板定得：“我讲过白老六家里是大户人家，白六是有出息的，你看，现在，哼，不是么?”他还得翘起他的大指头。

心跳得床都几乎震倒了，他盼望天快点亮，马上就可以起来。真奇怪，干么要有夜，永远是白天不好么?

翻个身。

所想的也似乎翻了身，他在埋怨死的母亲干么要送他去当裁缝。觉得自己太可怜，没一点主意就去学手艺，年纪那时也有十二三岁了——古时候有个什么甘的十二岁就当一品宰相哩。

额头上全是汗。仿佛自己干了什么对不起天对不起地的事，内疚透了地心疼着。要是他没自觉心，他也许……也许……

“怎么尽想这些背时的事!”

第二天他仿佛很骄傲地跑到五舅那里去：没有消息。五舅只说了如下的话：

“你看勇嫂还像个做小辈子的么！我要她拿洋火把我，她先睬都不睬，既而……既而……哪，这样，一扔，像把钱给花子一样的，这样。真太……是而可忍孰不可忍！娘卖……世界固然不同了，但是总有个长幼尊卑之分，那当然。……像……像像像……还而且你五舅妈要说勇嫂有理。”

五舅妈接着向白慕易说了什么。勇嫂吞着痰也喃喃地咕噜着些什么。白慕易都没听进去。他似乎有点头晕，摇摇地瞧着五舅妈的头顶——脱了发，便用些黑涂着，光得像漆过了黑漆。白慕易两条腿有站在雪地里的感觉。

可是到了二十四日，白慕易落子到了。

“你五舅打个电话给我，叫你去，刘培本那里有信。”

他没工夫去瞧历书这天可是好日子。天气倒挺不错的：不热不冷，太阳起劲地晒着，街上那些人似乎个个都还可爱。

“哪，这里一封信，”梅轩老先生说。“刘秘书说录事没找得到，只有文书上士缺。”

“文书上士？上士是……？”他想问上士是官还是粗人干的玩意，可想不上怎么措词。

“文书上士也是抄公事，比录事要小些，”那个把这句大声地重一遍：“比录事要小些！”

“钱不晓得有……”

“二十块，”很快地。“你当然够了。……固然你是有向上之心，但是也不可操之太急，那当然。而且少年人也不能一下就居高位：得官忌早。……”

信是写给一个副官的。

“恭喜你恭喜你，”白骏太太微笑着。

白慕易拼命忍住笑：

“这是毫无意思的官。还不晓得忙不忙哩，真糟了心。”

二

有一个人天没亮就张开了眼。

号兵们练习吹号的声音浮过灰黑色的空气，懒懒地游到每个睡着的窗口里。这整个都会还在睡觉，寂静得深山一样，号声就展得更远了。每声号都怪悠长，由低到高，又由高回到低：并不成调可是很调和。要是失眠了一晚的，或者什么神经不大健康的那种吟吟诗的人，也许还从这里面听得出一点悲哀。这种沉着的音说不定有点凄厉。

天上开始涂着蓝色。可还是黑的成份多，像新浪漫派画里的魔鬼的脸。

除一些贩卖力气的人和一些赶火车轮船的以外，所有的人——自然是白慕易所说的上等人——都在做梦。每个门缝里挤出了很匀的呼吸跟鼾声。这时候上帝赐与人类的睡眠，是分了上下二等的。

可是上等人里也有例外不睡着的：我的意思是想要说白慕易先生。

他并不起床，他怕别人笑他起得太早。眼可张着，他不敢再睡着：耽误了正事可不是玩意账！

床对面是白骏家里的吃饭行头：碗柜子，菜碗饭碗，酱油麻油瓶。旁边一张歪歪倒倒的方桌，上面有个笑嘻嘻的不倒翁，怪孤独地一个人站着。这一切白慕易都瞧惯的，不然在这黑空气里，怕还辨不出那是些什么。

外面似乎有洋车夫拖着空车走路，彼此在谈着什么。还有些挑担子的哼着，大概是菜担子。号声慢慢低微了下去。

天上的黑色一下一下地淡着。东方的地平线也许有一线银灰色了吧。房里的酱油瓶，不倒翁，碗盏，开始发了点光。

床上的人在想，那个所谓胡副官到底是怎么个人。也许架子很大。可是或许不会：是刘秘书写给他的信，刘秘书！他当然是武装。胡副官……

“胡副官，胡副官，这三个字真不顺嘴。”

想像着怎么去见一个副官的面，白慕易感到有点窘，又带几成快乐。

“二十块……”他想。

八块钱火食，寄十块钱给家里的太太，两块钱零用。

可是他非常羡慕白骏家里那些打牌的人。可是这种大牌有点那个：两块钱也许一两手牌就输掉了。

“真糟了心!”

或者就只寄八块回去罢。可是……

太太拿到这八块钱也许哭起来，对午生说他爹做了官只寄了七八块钱。也许还得告诉所有的乡人：“我们白老六还不如做裁缝哩。”

“这是什么话!”他想。可是一不留神，在喉管里发出了音。

他脸热着。他抬头听一会：大家都没醒，才放了心。

“我要好好地干,”他小心地在肚子里说，“他们看我办事努力，总要……过几个月总要加薪的。”

于是焦急地等着可以起床的时候。

老天是管不着那么些，他还是那么渐渐亮起来的。

“快六点了,”白慕易带起他的博士帽起床。

仿佛过了几万年才到七点。

七点三十四分钟，白慕易由个麻子传令兵带到胡副官的副官室外了。他心又没命地跳。

门可是锁着。

“找谁?”一个兵问着那个麻子，一面从嵌在后脑上的博士帽瞧起，瞧到他那双哔叽鞋子。

“找胡副官的”，麻子答。

“早着哩”，那个看看壁上的钟，“胡副官总要八点多才会来。您贵姓?”

“白,”他说。他不知道对这些人还是应该客气点,还是要摆点架子才好:他不大懂。他瞧瞧这人的符号:传令中士。麻子:传令上等兵。

“唔。不过胡副官还没来,”中士好像希望别人走的样子。

“那我等一等罢,”白慕易把个胸脯挺了一挺。“我有封信……刘秘书有封信,刘秘书!刘秘书叫我来……他叫我来找胡副官,文书……文书……”

中士叉着手,瞧着白慕易的嘴,等他说下去。

他想:就说出来罢。

“文书上……文书上士!他叫我来补缺。”

“文书上士?”那中士惊异地说。瞧瞧麻子,又把白慕易从脑袋到脚尖看一遍。

“他或许要对我敬礼了,”白慕易想。

不知怎么岔那中士并没有敬礼,只对麻子:

“你请他到这里等一会罢,”指指副官室隔壁一间——上士室。他走了。

房间狭而长,一排有好几个窗子,亮倒挺亮的。靠壁一张小小的床,床下东一个西一个放着些破皮鞋,饼干罐头,酒瓶,洋油箱,粉笔匣,这些似乎不大愿意躲在床下,有几个挤了出来,要是你坐上床,这些东西会绊住你的脚的。当窗一张桌,放了些《应酬文柬指南》,

《公文程式大全》，标点本《三国演义》。一件油得发光的棉大衣挂在钉上，这件大衣大概还是去年穿的。

“我的床要铺到这里，”他计划着。

“不好，这里当风，”又自己反对。

“这房子倒不错，”白慕易对麻子说。

“请坐坐，”麻子走了。

以后差不多每分钟总有个兵士到房门口张他一眼就走。在门口出现的脸子，白慕易瞧来仿佛都差不离：好像都是黄黑色的。衣裳老是件灰布衣。这许多人也许只是一个人。可是有一点他记得住：每回的脸子总是陌生的。对的，是有许多人，他们瞧瞧这位新到的官。白慕易就挺直地坐着，装个威严的样子，同时做出满不在乎的劲儿。

号声。外面的钟打八点。

白慕易流起汗来。可是没动静。想要站起来到房间外面走走。但他怕这是不大礼貌的，会丢面子。腰有点发酸。他运气真可不大好：从他挺直了腰干坐着以后，竟就没一个兵来张他过。

一个兵到房里来了，很忙似地。对白慕易点点头，就开开抽屉翻出些纸看着。他符号上写着上士，名字是沈什么，他瞧不明白。

“上士也是兵夸子么？”白慕易问自己。“糟了心！”

打算要问上士公事忙不忙，可是那上士：

“白先生请再坐一会，胡副官就要来了。”

差不多九点钟才见到了胡副官。白慕易兴奋得连肌肉都在打战。

胡副官比白慕易高一个脑袋，手上长着许多黑毛。三十几岁，并不壮。嘴角上老挛痉地动着，往往使别人附会到他是在跟你装鬼脸开玩笑。脸的轮廓都是直线与角组成的，像立方派的塑像。

“你以前干过这种事没有？”胡副官的口音是京话，带了很浓厚的湖南尾子。

“没有干过。”

那个又把信瞧一下，想了一会。

“你读过几年书？进过什么学校？”

“学堂没有进过。读的老书。”

“唔。……沈上士，沈上士！”他就打打桌上的铃子。“他是……”又瞧瞧信，“他叫白慕易，新补的。你带他去。待一会你填个符号给他。”

符号：

“传令下士，白慕易”

白慕易差点儿没昏倒。

“我做梦么，我做梦么？”

他希望这是一个梦。

“十四只花边一个月，还有生路么？”他告诉白骏。身上已是一套灰布军衣了，有种很浓的新布臭味。

白骏摇着他的长脸：

“不能这样说的。有事总比闲住好些。第一，你现在无论如何火食钱总赚到了手。……第二……第二……”

“我真想不干。”

“什么话！”白骏太太微笑着。“十几块钱的事在如今也不容易找哩，找到了还不干么?”

白慕易不言语，嘘了口气。

白骏低声地：

“将来有机会仍是可以另外设法的，急什么。……我们刚舅舅的事马上就会发表，那时候再……不过你千万不要说出去：第一，怕说出去不大好。第二呢……”

“唔。”

以后白慕易很少到白骏家里去，他怕瞧见打牌的那些人：他觉得自己降低了。五舅家也不大去：他见到五舅会脸红起来。

三

刚进来的几天老睡不着，可是现在似乎也惯了。他简直在当兵。晚上睡着兵床，书架子似的，一个架子上下要躺两个人。房间里说不出有种什么味儿，也许有点像脚臭。早晨吹早起号就得穿衣，还得上操——那位沈上士起劲地教他们跑步，立正，许多玩意。一个上士瞧来够多伟大！吃饭四块花边一个月，饷金里面扣除。

弟兄们个个都仿佛怪快活。一过了办公时间，大家都得想法子乐一下。谈话起来毫无顾忌，一点也不介意什么面子不面子。沈上士虽然是个上士，可是并不显得比一般人高些：谈话的里面总少不了他。

那天引白慕易进来的麻子传令兵爱喝点酒，晚上把他脸上每个麻孔都染红了就有了劲儿。

“老沈，来喝点儿。我得拍拍上士的马屁。”

他们四五个坐在一堆，拉着谈天。男人们的嘴里老离不了娘们儿。他们用最坦白的话来描摹某个女人，或者叙述他自己的经验。他们不像上等人那么着，谈到性器官是有好几打文雅的术语或者学名来代替的，这些他们做梦都想不到。干脆，要谈就谈，把最不绅士的土语句来描写两性事件。一段故事一完，他们就纵声地笑。说的笑话也得涂上肉的色彩，不然便逗不起一张笑脸来。

白慕易红着脸。

“糟了心，这比裁缝还下流！”

他感到心脏肺脏都在一上一下地翻着。这批下流家伙就是他的同事！他想走开去。可是外间太冷清。

摸摸他那突出的颧骨，他瞧瞧他们每张脸。

沈上士也比一般弟兄们高明不到哪里，亏他是个上士：他也跟在里面痛快地谈，起劲地笑。

“白慕易你干么不过来，”他说。

“好。”

不用说是不愿参加进去的。他怕拂了别人的好意，于是在褥下面翻着，装做找东西的样子。

别人那些热烈的谈笑忽然使他有点嫉妒起来。

一个人出了屋子。

三两笺电灯像很疲倦地歪着头亮着。有点风，吹到身上要打寒噤。时时有几声蟋蟀尖锐地叫着，叫两声又打住，仿佛是不得已才叫的。远远的电汽厂在轰轰地响，似乎每声响都打着他的胸脯。可是房里一哄出笑，就把所有的那些什么“籁”都掩住了。

他只有一个人——一个人。他觉得他一个人在另外一个宇宙里。这宇宙一无所有。这宇宙只有他一个人。

又回到房里，他问袁国斌要了支烟。

麻子一把抓住白慕易。

“你这忘八蛋，好像有心事似的。”

“没有，”他极力镇静地说，可是声音打战。

大家瞧了他一眼，又回到他们原来的题目上面去。

白慕易皱一下眉。他打算跑到热闹的白骏家里去。不过一去定得遇见升了官的王老八他们——他们又是别一个世界里的。五舅，那又是一个世界。白慕易有点惶恐：不知道他白慕易的朋友究竟是哪班人。他于是木然地坐到麻子对面。

他们的话没一点装饰，这使白慕易有点感到得着了实惠的一些东西。他平素所不敢说，不好意思说的，都由他们嘴里迸了出来。当然这些话并不是没兴味的，只是太下流。他不言语。他想不去听他们的，可是他们的话像螺钉似地只旋进他耳里去，愈旋愈深，拔出来是不可能。脸子始终热着，一直热过了耳，热到了额子上。他在肚子里说：

“怎么办呢，我愈变愈下流了，真糟了心！”

麻子喝了酒，劲儿更足。

“我再告诉你们：吴司书听说她一定要个将官才有资格操她哩。”

“啊呀得了，”额头有个大青疤的臭豆腐干说，“他凭什么去攀将官！这样的人在老子面前脱了裤都不会……”

话杂得听不明白了。

上士就告诉他们：这位吴司书准没人要，上士他自己都声明绝对不要，她不漂亮，不活泼，不大方。

“太不大方了，”他很快地说，“——看见一个男人就像恨不得要钻到地里面去：倒是这种女人顶骚，一看见男人她就想，‘啊呀，他想操我’……”

话锋弯弯曲曲地一转着，谈到那些长官。

上士说：

“越是官儿小，越是架子大。”

这些话使白慕易有点满意。他一点不感到惭愧地插了进来：

“为什么官小就架子大?”

渐渐地白慕易就活泼起来，仿佛一个窒息将死的人给弄得苏甦过来。在这种谈话中，他一点也没时间去想到他自己要是当成了录事，别人会不会这么着谈到他。同时他也忘了他以前所羡慕着的白骏这班人，正是现在恶意地讥笑的对象。他像从什么地方一步一步跨到什么地方似的，一步一步地起劲。到最后他也去呷麻子杯里的白酒，也去拈一两颗油花生，不过姿势不大妥当，手动得迟钝，不如别人的熟练。脸红得像猪肝，略提高了嗓子，话一出了口唾沫就飞舞了开来。先前的高兴消失得连他自己都不诧异了，他不知道为什么现在感到的只是痛快，满意：可是这种快感只像是被逼着而有的，似乎有谁鞭策着叫他这么着。他热烈地等别人的话一打住，他马上就接着来。推敲着每句话，定得谈来动听，逗得人笑，努力地把些刻毒，轻蔑，恶意，放到话里去。不过有点糟糕，无论你怎么努力，一比到弟兄们总差得远：别人像训练了七八年似的，不用想一想就能说出最中听的话，大家哄出笑来。白慕易一意识到这个，总得把身子不安地扭一下。

“我讲这些话，跟这些人，算不算失格?”他偶然也这么想几回。

上士说着话，常轻轻地叹气，像不好意思把这叹声扰乱弟兄们的痛快，他叹得只有他自己听见。

“吴科长今天又寻你的错么?”上士问红眼睛的王传本。

“可不是么，他……”

于是大家抢着说起来。

白慕易记起吴科长那萤火似地放光的和尚头，他把微笑挂在嘴角上。

一谈到吴科长，王传书就绷住了脸。仿佛从什么高处摔到一个深坑里，大家从欢喜突然沉在严肃中。白慕易记得他脸上有微笑，有点不合时宜，就拼命忍住。可是努力要忍俊却很不容易办到，他愈想到那和尚头——要是用手去敲一下，定得“嘎”一声响的，而且……白慕易转过了脸：怕别人瞧见他还当他是在因王传本吃了亏而快活。他现在没想别的，只希望自己能跟这班人融洽起来，跟每个弟兄都要变得调和点。他努力地去想这班有点下流的人跟他是一伙的，应当插进去算做他们的一分子：他拼命地要去适合他们，虽然这使他很费劲。在说到那些办公厅的职员时候，他觉得非跟现在这班人站在一起不可。

四

上午八点钟以后，白慕易就得到办公室去伺候着，瞧每张官儿们的脸的。

叫人铃响了。

女同志吴司书正拿了件什么公事在手里等传令兵过来。她一头密密的头发，每根都像有火柴那么粗。一到星期一，总瞧见她头发是烫过的，蓬松地卷曲着，她的脑袋就显得比常人大到四五倍都不止。脸上密密的雀斑，即使没命地搽上粉，也掩不住那些黑点。这是她生平的憾事。她平素照照镜子，主观地觉得自己的脸并不比别人坏，只是那些倒透了霉的斑。每天她便注意地看报，不看那些不相干的专电，也没有工夫去看所谓时评，甚至于连报屁上的章回小说都要暂且搁一下，先只把药房的广告翻出来，瞧可有包除雀斑的药——每月买这些药的费用当作了经常支出。……那些斑点的中央挺出一个阔阔的鼻子，像满生着浮萍的湖中竖起一座亭阁。过不了什么一分钟就得把鼻孔掀一下，并且永远是伤风老不好似地吸着鼻涕。

“送到管卷室去，”她把那张纸交给白慕易。

“管卷室?”

“管卷室都不晓得，就在那前面，”她随便地指指门口。

白慕易惶恐地瞧着她那斑斑的脸。

女同志回过脸向她前面的曹科员笑笑。

“真要命，管卷室都不晓得!”

曹科员这里意识到他自己的任务，就皱起眉……

“你是传令兵么?”

“我是传令下士，” 白慕易暗示对方他是“士”，比“兵”大一点的。

“你是传令兵，送公事都不会么，eh?”

麻子走了过来。

“他是新来的，我去……”

“那你告诉他罢，eh? 不然……不然……对了，老不叫他送他一辈子也不会知道的，eh?”

“是。”

女同志对曹科员再笑一笑：五成表示谢意，那五成的意思是，“这真没办法，对不对?”

白慕易热着脸跟麻子走。

“那个男的是当什么的?”

“曹科员，少校科员，” 那个吐一口沫。

后面走着的加快几步，跟麻子并排。

“那曹科员跟吴司书有……?”

“吓，曹科员在她眼里么，她是……” 麻子含蓄地笑一下。

过会麻子又：

“他妈的好大牌子！……不过是你，要我可受不了。……少校科员，就榨得人死么！……老子不过运气不好，不然的话……我老实告诉你，从前跟我一块儿吃粮的，现在他们挂斜皮带挂烂了。……”

“都升了长官，是不是?”

“可不是么。……不过现在老子倒也不望着升什么官。”

这天晚上，白慕易跟麻子亲热了点。两个人同去洗了澡。

“你从前吃过粮么?”麻子问。

“没，我是……”后面的话咽了进去：他在踌躇要不要说真话。

那个以为他还有下文，可是等不着。

“是什么?”

“是……我是……我告诉你，我以前学手艺呀，学裁缝的。”

麻子惊异起来：

“那你干么要干这玩意，当裁缝不比这个好么?”

“那个……那个倒是……啧。Ai……”

白慕易不知道要怎么说才好，仿佛世界上的语言很有点不够用。

麻子话不错：当裁缝比干传令下士强。白慕易知道如今自已走错了路。可是他怎么也记不起从哪天起走错了的：他又觉得这怪不了自己。怪谁——刘秘书还是五舅，还是白骏呢？老实说，他不忍怪这些人：他们都是好人。到睡进书架子似的床以后，他想到当裁缝又怪悲惨的了：那还有出息么?

“大丈夫能屈能伸，”他想，“从前古时候有个姓什么的，他还在别人裤当下面爬过哩，他姓……”

他现在只是容忍一时，等白骏的刚舅舅来了就，哼！

“看我那时候……”

站在办公室角落里听着按人铃时候所感到的不安，就用这些来抚慰自己。他隐隐地觉得自己比那些弟兄们高一点，可极力不把这骄傲的颜色涂在脸上。跟麻子他们，他还是去适合，去做个朋友：在看着长官的脸色这一点，他是属于他们的一团的。

叮叮叮……

白慕易瞧瞧左右，办公室的士兵只他一个人在着。

“倒茶！”柯科长伸出一个食指装装手势，马上又没那回事似地接着去看他的报。

大茶壶里没一滴水。

“报告，没有了。”

“什么？”从报纸上露出不大和气的一对眼。

“茶壶里……水……开水……没有开水……”

“告诉我干什么！……上办公厅不能没茶喝！……我管你有不有开水，我只要喝茶！……没水你不好到茶炉里去冲么，告诉我做什么！……”

呆了一会，白慕易带七成鼻音说：

“是！”

他走到茶炉边。他觉得两条腿是临空的。

袁国斌靠茶炉站着，在不耐烦地等水开。

“你也要开水么?”

“没有法子啊,”白慕易红着脸。拼命地装着满不在乎的样子。“办公厅里没有茶，柯科长生了气。……”

那个瞪着眼，过不会笑出来。

“你自己傻!”

“什么?”白慕易不大懂得“傻”字的意义，那是外江话。

“可不是你自己傻么：有没有茶不是你的事。你只管得着送公事，送信。你并不是勤务兵。”

“那么我……”

他马上空着手回到办公厅。

“管他三七二十一,”他想，“我横竖不是勤务兵，我就告诉他这句话。他骂我也骂：对骂！……开除就开除，我巴不得！……”

可是他没有这么个机会：柯科长这时候没在办公厅，不知到哪里去了。

白慕易透了口气，坐到板凳上。他瞧瞧所有的长官。他消遣地对自己说：

“柯科长，这三个字真难念。……他姓柯……”

袁国斌提了开水来后，他们俩含意无穷地丢丢眼色。白慕易把嘴角往下面弯着，对袁国斌表示他刚才是胜利了的。一等到吹了下办公厅的号，白慕易就找了上士他们，对他们起劲地谈倒开水的事。

“叫我倒，哼，我有那样蠢：我是传令下士，还管伺候茶水么，是不是。……柯科长他叫我冲开水……他……他……我就老实不客气……”

“那你当然管不着的，”上士说。

“是啊，我就……”

弟兄们渐渐聚多，话杂了起来。说了每个长官，再扯到女同志。随随便便一转，又谈着只有男子们可以听的话了。

白慕易从不走开。并且在适当的时候他也插进几句话来，不过是很文雅的。他说一句，别人就得瞧他一眼。他内疚一下：他变成下流了，而别人一定是当他上等人看的。

上士瞧着笑一下：

“老白，你真是八股老先生。”

“什么?”

“你好像很有道德，”那个补一句。

白慕易知道那个话里藏着的刺。他们还嫌他太文雅哩。他感到丢失了一件什么东西。

这么天天打在一起，过了一个月。白慕易一点没工夫去想到他的惭愧。他们一起上小茶馆，一起喝酒，或者到上士家里去推牌九。在谈话中，白慕易拼命把自己变得更活泼起来。工作也熟练得多，什么公事交到他手里都不会送错。走路一遇到长官，他也会站到旁边敬礼——非常快，姿势不错，好像这是种本能。听到按人铃，他就机器似地站起来，并一听就知道是谁在叫人。还有，在长官们的手势里，他辨得出这是在叫传令兵还是勤务兵，一点不会猜错。他觉得长官们现在都有点瞧得起他，因此叫他做的事也就多了一点。……

叫人铃！

白慕易站起来。

柯科长手里一封信。

这天是星期六。长官们大概想到明天有一天玩，在计划着打牌还是看电影，大家都懒懒地等吹下办公的号。柯科长交信给白慕易，那听厌了的单调号声已经逗得官长们透过一口气来，挂上他们的皮带和帽子了。

“把这封信送给这个人，”柯科长指着信封。“送到他家里——这地方知道吧，唔？”

“知道。”

“要一张回片，唔，回片就摆在我桌上好了。”

“是。”

“就去，”柯科长带好帽，走了几步回头说。

信封上的地名白慕易怪熟悉的，那个人他也知道。是谁？是——真糟心，是——

“刘秘书培本勋启”！

五

走在路上，白慕易有点窘。

他脱了他那套灰衣裤和横皮带，穿上那件夹袍。那顶博士帽，又傲慢地嵌在了他后脑上。

“这个时候还要人家送信!”他埋怨地——不，与其说是埋怨，倒不如说他是有点分快活：别人多相信他!

日子慢慢短了起来，五点多钟街上路灯就亮着——像只是一种点缀：别人没注意到它们，它们也知道现在的存是不必要的似的，就磕睡地显着红光。街上的人特别多，个个都似乎有忍不住的快乐，一对一对地纵声谈笑，跨着他们的大步子。秋季大衣也上了市，在绅士们的身上飘着。

白慕易很急地走，出了汗。

“刘秘书家里……”他想。

心头有点异样的感觉：他不知道还是应当感谢刘秘书，还是应当咒骂刘秘书。五舅舅的意思以为他得了这传令下士的事以后，该到刘秘书那儿去道道谢。可是他没去：说不上对刘秘书起什么反感，他只是不愿去，或者是因为去见了那姓刘的，他白慕易就丢了面子——他现在是士兵哪!

此刻可非去不可。

“真糟了心!”

在他记忆里又描出了刘秘书——小脸，小胡子，小个子。客气，请他吃甜腻腻的很厚的月饼。刘秘书把五舅和他都当朋友看。他在刘秘书房里坐过。那张软软的坐得屁股怪舒服的椅子，被他坐热过的。用个朋友和同乡的资格会过刘秘书的，现在却叫他……

“叫我送信，叫我做当差的！”

他感到吞下一块生铁似地难受。没有觉得自己在走路，仿佛是坐在什么车子上，任听给车子拖到什么地方去。

给拖到了大街上。店家门口装着的 Radio 在唱着猫叫似的歌——他常听见白骏的邻居孩子唱的。百货商行都挂些红红绿绿的纸条，弄些喇叭和大鼓在楼上吹打，懒懒地吹出市面上最流行的小调。

“啊呀，怎么走到花牌楼来了！”

白慕易走错了路。

想从一个小胡同转出去，可是又踌躇：他以为慢一点到刘秘书公馆里也好，不然太那个了——

“太……太……见到刘秘书说什么？”

可是无论怎么，信总要送去的。他于是仿佛举起几百斤重的石锤似的，费力地转了湾。

“刘秘书看见了我要……”

刘秘书瞧见了他定得当他下等人看待：他只不过是个送信的差人。别人得摩摩他的小胡子，眼瞧着天花板，像面前没有人站着似的。还怎么着？还用鼻音说话：

“唔唔，唔，要不要回信？”

谈到“信”，而且定得把声音拖得长长的。

那小胡子不用说当然不会向白慕易问候他的老朋友梁梅轩老先生，更不至于请他吃月饼——不，如今他家自然不会有月饼，不过总会有别的茶食：阔人家里一天到晚总有把件两件精致的糕饼：譬如就是牛皮糖罢。——那绝不会请他吃的。刘秘书忘记了白慕易是同乡，更记不起那天跟白慕易朋友似的谈过话——也许他记得，可是准要装个不相识的样子。以前的拜访像没那回事似的。

白慕易这里非常头疼起来。

"回去罢，回去叫麻子送去！"

可是脚不听话，还走着。

又转两个湾。一个会过面的大门矗在他前面。

他在门口站了一会，到底走了进去。

门房还是那个四五十岁没有胡子的老头，腿有点瘸的。白慕易全身都发烫。他在考虑：还是装个架子说要会刘秘书呢，还是差人似地干干脆脆交出信来？……

那老头不认识他，问他找谁，一面打量着这个跑得脸发红的人。

白慕易毅然决然地想：

"自然不会刘秘书。"

用战栗的手拿出了信，太不顺嘴地说：

"一封信……一封信……这是……这是……柯……柯……柯科科科……"——他在肚子咒骂着这三个字的

娘：真不容易说上口。

那个接着信慢慢地走。

“刘秘书在家！”白慕易想。

“要回信么?”老头站住一下。

“要的，呃，不要，只要回片。”

院子里剩了他一个人。

他眼钉着那门房老头的屁股，瞧着他进了房。那间房里，白慕易进去坐过，正是那间！记得清清楚楚，他在那间房里当过刘秘书的同乡兼朋友。那时候他坐在朝南的椅子上，椅子里有弹簧，坐上去一荡一荡的可真舒服。你要是问他白慕易那房里是什么样子，他马上能一口气告诉你，写字拾在哪里，茶几有几张，闹钟——是不是闹钟，还是更讲究点的钟，他可忘记了——朝什么方向，痰盂又怎么摆法。

叹口气，白慕易有点感伤，像遗老想起前朝胜事似的心情。

白慕易回过脸：视线碰了壁。一条条被潮湿浸成青苔，弯曲地在壁上爬着。

几分钟一过去，听见里面脚步响。

“糟了心，糟了心，刘秘书出来了！”

可是步子响远了。

他想或者老头会告诉那刘秘书，送信的差人就是那回跟梁老先生一块来的同乡人。刘秘书也许会出来看他的。也许还得……

心怔忡一下：他希望这么着，又希望别这么着。

又响起脚步子。

老瞧着壁上，不敢回头。直到听见咳一声，他才知道这是那老头——手里一张名片。

突然白慕易感到了失望——他自己也不明白是怎么回事。他低着头走着，后脑勺上的博士帽就跟地面成了平行的了。

“刘秘书是官呀。呸！”一口沫。

天空完全黑了下来，街灯显得怪起劲的样子。白慕易记起他还是没吃饭就出来的，肚子有点难受。先前出过的汗，现在冷了，背部像睡在冰块上面。

二十分钟以后，他到了白骏家里。

仿佛是极度兴奋以后的疲倦，白慕易秋草似地倒到一张椅上。

白骏家里当然有一桌牌。

王老八大声地对着白慕易：

“久违久违！”

白骏问：

“忙不忙？”

“无所谓，”白慕易轻微地。他瞧瞧所有的人，他怕他们知道他干的是什么事。

“怎么你老一个不来了呢？”白骏太太尽量地笑着，

可是努力不把牙齿露出来。“一定是很忙吧，忙得出来的工夫都没有了。”

“你干的是什么？”卫复圭插进来。

“那个是……那个是……非常无聊的事！……”

坐中有个他没见过的，据白骏说是叫李益泰，——一个很像店号的名字。他穿着武装，少校符号。脸子像一怀浓红茶的颜色，嘴角上有个疤。眉毛细长，弹簧似的弯着，下面放一对很柔嫩的眼，因此看来很妩媚。他觉得自己有女性美，常照镜子：跟人说起话来，就得注意地做个自以为很好看得那种姿势。

白慕易瞧着他的符号，他仿佛走进了另外一个世界里。可是他不知道这世界对他究竟是欢迎还是拒绝着。

卫复圭装了瞧不起似的脸色问李益泰：

“你的事究竟怎样？”

“那还不知道，”李益泰似乎拼命在忍住他的得意。“据王厅长说，好像一定会有个事给我的。不过不知道是个什么事。要是少校，那太没意思了。”

“你阁下当然起马是要干个简任职，”王老八要使对方知道这话是种嘲笑，他说了装个鬼脸，还把肩头耸了几下。

“倒也并不是这么说的，”那位少校符号的冷静地说。“老干少校少校，一辈子少校，太太……”他笑一下，又装个严肃样子：“真的是……我钱真不够用。……”

王老八向卫复圭把嘴角向下弯一下，那个就会意地瞧了那少校一眼。

李益泰似乎并没在意，或者是故意不理这个岔，他只叙述起他怎么见了王厅长，这位厅长待他非常客气，等等。

取下博士帽搔搔头皮，白慕易有点摸不清这位少校李益泰是什么来路。

“怎么，他不是少校么?”他低声问白骏太太。

她从心地微笑起来，摇摇头：

“屁!”

“怎么他挂少校符号?”

“他要这样，他是这样一种人。”

白慕易忽然感到非常舒服，舒服得他自己都惊异起来。他学了王老八那张瞧人不起的脸子，走去跟李益泰攀谈，把语声提得高高地。

“你这身军衣几个钱?”

“十几块钱，”李益泰摩摩他的衣。“倒也还好：虽止有十几块，倒还经穿——穿了两个月还没坏。”

“近来忙么?”说了瞧瞧其余的人。可是他们在专心着他们的牌。

“忙啊，”那个笑笑。“现在我当旅长。”

“旅长?”

李益泰不答，留着他的笑脸走到白骏后面：

“老白，我现在怕交了桃花运哩，真是讨厌！”

他以为别人定得追问的，可是并没。他于是扬扬眉毛，抿抿嘴，轻描淡写地说他自己的故事，并且注意着别人在不在听他的：

“上个礼拜六认识了个姓梁的，一个寡妇，怕有三十岁了，样子倒看不得三十，长得还不错。她……我一看见，她就觉得她对我……她真是……现在这世界真太文明了，实在也不好……我简直没办法：我总不能姘一个三十几岁的寡妇啊。她简直钉着我来，真是！……”

这少校就瞧了白骏太太一眼，又远远地瞧到梳妆台上的镜子，第二次把眉扬了一下，嘴抿一抿：他在考虑着，还是抿了嘴好看，还是不抿。

“还有一个，是昨天，”少校又说，“在秀山公园看见一个……一个……一个……”

大家都不理他，他就“一个”住了。

带博士帽的人瞧着少校的脸，在诧异着干么这一张酱油脸也逗得那多人爱他。

“一定是因为他有个少校符号，”他想。

不知为什么他心就跳一下。

六

第二天白慕易起得很迟。

天阴了下来，把黑云一层层堆着，像铁锅似地仆在人们脑袋上，使人透不过气来。

白慕易起来的时候，雨在欢迎他，大批大批地落下。一阵风起，屋上就沙喇一响。院子里的树也不耐烦地摇着。

今天是星期，不用到办公室去伺候。他揉揉眼，把博士帽带上。

麻子在哼着《空城计》，愈哼愈高，终于叫了起来。

王传本瞪着他的红眼叫：

“好！迹，迹，好！”

可是叫得并不有精神，仿佛打呵欠似的声音。

“啊呀，叫好都不会，”麻子说。

白慕易笑。他快活。

“再唱一个，”他说。

“得了罢，”麻子抱歉地。“我的戏是不行的。袁国斌可有一手，他拜过师，唱起来有板有眼。”

“老白，老子昨晚赢了八毛钱，吃过饭请你们逛夫子庙。”

“推牌九赢的么？谁的庄？”

“老沈，”王传本张开了大嘴笑。“下半天算是老沈请的客罢。”

“怕会下雨。”

“管它，你还怕霖湿了你的衣裳么？”

这天白慕易很高兴。他有时想起昨天在白骏家看见的那假少校，就莫明其妙地感到舒服。他又觉得白骏夫妇近来对他有点冷淡。

“不该到他家里去的，他们都是官。”

跟白骏家里一班人怎么也有点不调和，他于是打定主意以后要尽可能地少去——当然不是绝对不去，要是跟白骏完全隔绝了，他也舍不得的。

他坐在哄哄的茶店里，挤在弟兄们中间：跟着他们喝白干，吃干丝，一点没什么拘束。举动变成很熟练了。他知道自己现在是个有点幸福的人：一切都还圆满。昨天送信到刘秘书那里去，只和门房打交代，不找刘秘书，这措置是很适当。刘秘书跟白骏家里那些赌鬼是一窠子人，跟他白慕易是差得不知道多远多远的。

瞧瞧桌子边的弟兄们，他忽然爱起他们来。他使劲拍一下麻子的肩。

“哈哈，麻子，我操得你屋里娘!”

“怎么?”

“没什么。”

“老白现在乐了，”沈上士说。“他刚来的时候真是……”

袁国斌截过来：

“从前他一天到晚绷着脸，见了鬼似的。”

白慕易笑笑。

过会他忍不住把昨天送了信之后，跑到白骏家里的事说给大家。他表示那批家伙是另外一团人。“他们是做官的呀”，常夹着这句话，把“官”字读得特别重。

“……我看他们真是，Hai！……他们一天到晚只讲赌经嫖经，牛皮吹得天大，其实有什么本事！……官架倒死会摆！……他们是做官的呀！……他们待我倒还算客气：我晓得他们的底子，在我面前打官腔玩官派是不行的。……我总看他们不过。……不过他们倒待我客客气气。……”

他忍不住再三申明了他们待他“客气”而且当他“自家人”看待。这里他无论怎么克服不了脸上那种隐隐的得意的颜色，虽然他在恶意地描写那批官们。

可是他白慕易究竟变成了弟兄们之一。

你要是再遇见白慕易，你要不认得他的。不过几个月工夫，他跟他们喝酒，推牌九，学会了弟兄们谈话中常用的术语。谈起性事件来，他再也不避免那些最老实最干脆的字眼，并且用得脸也不红一下。

“我不是学下流么？”

有时候也得这么想——可是与其说是“想”，倒不如说“一闪”。

十一月五日，报上载着，发表了云士刚任什么处长。

云士刚，白骏的刚舅舅！

对的，白慕易应当去找白骏。

“四哥,”白慕易叫白骏,“我这差事太没意思了。……我一定要请刚舅舅把我另外找个事。”

白骏现在是云士刚处里的庶务股长,昨天委的,处里新发表的第一个职员。

“不要急,”庶务股长谈公事似地说着。“前任处长是刚舅舅的老同学,现在刚到任,不好意思换人。……等等看。……你千万不要冒失,辞掉这个事不干:第一,怕两头都失掉,第二呢……第二……第二就……”

第二就没啦。

十日下午,白慕易请了几点钟假,跟白骏去见刚舅舅。

客挤满了一客厅。

他们俩坐在楼上起坐间。

“刚舅舅,”白慕易战栗着声音。鞠了躬又把博士帽盖上后脑勺。

云处长比白慕易高一个头,因为瘦,显得更高。两个手老捏着,把骨节弄得格勒格勒地响,使人耽心他的指头也许会折断。脸色红得像涂过胭脂,一瞧就可以知道他是用些牛奶鸡蛋之类滋养起来的。从两耳沿着腮到下巴上,胡子给剃得光光的,显一条青色,像大堆的云。

白慕易挺直地坐着在红木椅上,只坐着尾胝骨。白骏要显得跟云士刚很亲热,便在桌上翻翻这样,弄弄那样,有时也满不在乎地瞧瞧白慕易。

“一下子很没办法，”云处长似乎很忙乱的样子。“听说你现在有个事啊。”

“是，不过……”

“那你等等罢，慢慢想法子。不错，那张写字台他能让几个钱么?”

白骏回过脑袋来：

“唔……呃，我今天再去跟他说说看。”

“好的，你定得去跑一趟，”那个没说完，已经跨出他那长腿，下楼去会客，一路听见他指骨节格勒格勒响下去。

“客气倒还客气，”白慕易想。

瞧见了麻子他们，白慕易拼命忍住得意的颜色。好几次他想要告诉他们，他跟一个当处长的对坐着谈过话，想用种极其轻描淡写的口吻说：“反倒是当大官的没有什么架子。”可是他认为泄漏了什么于他不大好，他便用了全生命的力来制住自己，不说。

“慢慢地来……”

反复地想着。

“老白，我看你又有什么心事哩。”

“没有的，不要取笑罢。”

每天下午五点钟后就到白骏家里去。跟弟兄们很少在一起了。

“你五舅那里有裁人的消息哩，”白骏太太告诉他。

她快乐似地微笑着。

“裁人?”

白骏给他太太补一句:

“五舅的事怕靠不大住了。”

“刚舅舅那里可不可以想法子?”说“刚舅舅”三个字时有点不大流利:他想到白骏的舅舅跟他白慕易的舅舅是个叫人脸红的对比。

“找刚舅舅?”那个粗声粗气地叫道。“梅轩老先生是个讲气节的,他发了我的脾气不上我的门,他还会去找我的舅舅么?……饿死事小,失节事大。……从前刚舅舅读书的时候,梅轩老先生还当面骂过他,说他没出息,说他……”

“叫他找刚舅舅就,Hm,怕他……”白太太瞧了她男人一眼。

白慕易没工夫去愁他五舅舅的饭碗。他吞吞吐吐地说:

“不晓得我的事……”

“啊呀,急什么呢:刚舅舅又不是讲话不负责的人。……第一,刚舅舅不是外人,第二……第二……”

第二还是没有。

气候渐渐冷了。有时候刮起风来,就冷得全身都冻成了冰的样子。白慕易领到了棉军衣和灰布棉大衣。

“样子真丑!”

他穿了棉军衣瞧瞧镜子。

“当下士当一世么?”

家里又来信要钱：年内至少要寄二十块回去。信大概是邻居王胡子写的，信封写着“大至急”，“要信勿失”，“立候回音”——还把“音”写作“因”。

拿着信看了好几遍，那些字仿佛一个个都跳了起来。

“……如无龙洋寄下，妾可带午生辰生秀儿来寻夫子可也。万急万急。……”

“……妾在家下，想起无生法，实无生法……”

白慕易和着棉军衣躺在床上，手里紧紧地抓着那封信。

“十四块钱的差事！——十四块！”

“老白，这是封什么信?”上士问。“家里要钱么?”

他手松开，那揉做一团的信掉在地上。

“唔，”用鼻孔答，接着叹口气。

“都是不得了的人！”那个自语地说。

“你总比我好些。”

“比你好些?”

上士摇摇头。停停又：

“二十块钱，要养家，你想罢。”

白慕易忽然热烈地把信拾起，给上士看。

“你看看罢，我实在没有办法。”

“大家都一样，”那个把看完了的信折成两折还他。

“穷的越穷，阔的越阔。”

“你倒还有生路：只要升一级就是官长了。”

“笑话！”上士不高兴地。也许以为别人是在取笑他。“忘八蛋才这样想！”

“真要另外想办法才好。”

可是白慕易忽然又觉这句话说错了，仿佛在这场合是，这种思想都不应当有的。他脸红着解释：

“我想当土匪都是可以的。”

“真的是……”

“你们谈什么？”麻子闯了进来。

知道了怎么回事，麻子严肃地说：

“老白你别急。老子今晚给你去赢一宝来。”

两种赋闲

一

快要放年假了。

街上又拥挤了起来。店家都趁着机会减价，把货物放到五折四折：别人不管它到底是不是比原来的便宜，只要是打了折扣的，都想用点小钱来换些货。每家洋货店书店里都站满了买主。娘们儿群成地排在玻璃柜前面，跟同伴说笑着。她们瞧见朋友寄来的贺年片怪美丽的，于是想买几张更漂亮好看的寄去：为了三四张花纸片她们可以走上十来家书店。一些有职业的爷儿们都打算配几色光烫但又不贵的东西送给那些给他写荐信的人，带便又能够看看女人，就在里把长的大街上来回地走着，带着陈皮梅，笑容，板鸭，果汁牛肉，热情，火腿等等。每张脸不用说是高兴的：刚发了薪水，又有几天玩儿，他们可以去找他们的生活，去“打”一些东西：譬如牌，茶围之类。

热闹人的家里当然坐上了许多客，像刘培本，云士刚，白骏，这些人的家里。

于是白骏房里坐着七八个。

“打牌打牌！今天要打十块底了。”

白骏太太微笑道：

“啊呀，两桌却凑不起来：复圭是不打牌的。”

在坐的各位都很心闲的样子。满足似的笑容老钉着嘴角，扫也扫不了的。

李益泰扬扬眉，在大声说他在一家板鸭店里的艳遇。

“哈呀，不晓得多好看：我出世以来第三次看见过的。……我买板鸭，她也买板鸭，她老看着我笑。后来我也看着她笑，两个人……”

“爱你的人真多，”王老八高兴地说。“她们一定是爱了你那付眉眼。”

“不要开玩笑，”那个扬扬眉，抿抿嘴。

白骏说：

“不是。是爱了他嘴上那个疤。”

他觉得这句话俏皮，自己大笑，可是别人没一个笑的，除了他太太——她永远是他的俏皮话的忠实赏鉴者。笑着笑着她意识到自己笑得太厉害了，便拼命用上唇包住牙，不叫它露出来。

大家都拿李益泰做目标揶揄着。

房间里充满着笑。

时间是还不到六点。

忽然一个人冲进这笑的世界里。这人额上流着汗，脸红着，跑得喘气。由脸上的表情瞧来，他并没什么了不起的急事，可是不幸的成分也许有一点；还有是，带了几成愤怒。

一进房，这人取下他的博士帽扇着——当然是白慕易先生。

白骏太太赶紧把笑收住，她费了很大的劲。

几个男子的眼都钉住白慕易。他们脸上蒙了一层异样的表情：三成惊慌，七成好奇。李益泰把抿着的嘴放平，可是眉毛扬得更高了：他本来还想再告诉他们在花牌楼遇见一个少奶奶对他弄眉挤眼的事，可给这个无缘无故的蓦入者打断，他有点恨恨。他想：

“这姓白的一定有桩倒霉的事。”

王老八正摸到一张“中”，打去怕所谓放炮，于是趁着那三位的注意力没集中在牌上的时候，把这张牌轻轻地放到桌上，好像这样就别人不会“碰”或者和牌似的。

“危险哪，”李益泰轻轻地说。

“碰！”

放炮的人简直忘记刚才他自己打了什么牌，就大吃一惊。

白骏紧张着脸瞧着白慕易，眼色里似乎有问：“怎么回事？”

可是那喘着气扇着博士帽的人老一个不言语。白骏便像埋怨对方不懂得他的意思似地问：

“什么事？”

那个的手不扇了，只把博士帽紧紧地抓住，仿佛怕它逃去。他瞪大了眼，很费劲地在拼命镇静着。

“我……没有什么干头……我不干了……太……太使人难过了……不干了……”

“什么？”

“就是啊，我不干了……柯科……柯……柯柯柯柯……柯长……胡胡副官……胡……胡胡胡……”他十分不顺嘴地说。肚子里愤怒地想：

“糟了心，都是些难说的字眼：姓柯的就一定要当科长，姓胡的就一定要当副官，我操得你屋里娘！”

大家摸不着头脑。

白骏太太问：

“辞差了么？”

说了她就瞧瞧所有的人。她想要微笑，又觉得跟这空气不调和，可是又舍不得丢那微笑，于是一笑一灭，一笑一灭，嘴角上的肌肉便像扯风似地在抽掣着。

“就是啊，我不干了……”

下面又没下文。

沉默。

过了难堪的什么三五分钟，白慕易没命地一下子把博士帽嵌到后脑勺上：额上热汗蒸着水汽，衬在暗的博士帽前，显得更分明了。

“我去拿了铺盖再说……”

要吃晚饭的时候白慕易先生搬了他的铺盖和箱子来。他不大愿意把辞差的原因说出，一想到那里的柯科长和胡副官他就得脸红起来，血都要烫得沸腾。

“臭官架子！臭官架子！”他说。

别人不多问，知道他总是跟官长们闹蹩扭：常有的事，没什么奇怪的。他们都打不定主意——还是应当同情于白慕易还是不。

白慕易忙着摊开他的铺盖，弄好床。他不愿意再谈他辞差的事来痛苦自己，又生怕人别人提起，他便用些别的话来岔间。

“你们打了几圈了？”不过声音颤着。

在座诸位都怕白慕易的不幸事件扫了他们的高兴，巴不得换个题目谈谈，于是有两个同声答：

“七圈了。”

白骏太太像猫捉耗子似地在等着机会好把微笑挂上嘴。现在正是机会。

“老赵赢得最多，”她说。“他们张张牌都打给他吃，打给他碰，活像喂猪。”

“你们是进宝贡，”老赵非常起劲。“有什么好牌都贡把寡人……呃，碰！……不是么，又来了！……哈，我这手牌包和。”

李益泰开始抿起他的嘴。

“昨天我在花牌楼，”他不急不徐地说起来，“看见一个像少奶奶样子的女人，她一看见我就……”

“不敢领教，不敢领教，”白骏仍瞧着他的牌。“现在连少奶奶都捞到手了，将来令外婆怕都会吊你膀子。”

那位少校瞧不起似地笑一笑，于是跟白慕易坐到一起。他叹口气。谈到吃饭难。谈到命运。谈到他自己：于是他劝白慕易别着慌。

“我的事马上就要发表了，那时候我一定替你想法子。你会办稿么？”

白慕易不大流利地答：

“会是会一点。”

“那顶好，”李益泰挺挺胸脯，略放低一点声音。一面瞧瞧别的人。“明天你写个履历把我，慢慢地等我的消息。”

“是。”

他忽然觉得李益泰伟大起来。他几乎想要去抱他一下，表示表示亲热。

“两面一齐进行，”白慕易打着主意。“这个人叫他去替我想法子，刚舅舅那里也……双……双……”

记得有句成语，叫双什么齐下的。

“那个李益泰当过什么的？”姓李的走了之后他问白骏。

“当准尉司书的。”

“什么？”他惊得差点儿没摔下去。

“准尉司书！”那个一字一字地。

“他讲要替我想法子……”

卫复圭绷着脸：

“李益泰说一千句话，有九百九十九句是假的。”

白慕易突然惨笑出来。

“笑什么？”白骏把长脸拉着。

“李益泰是这样一个人？”他尖声地说。

“他是个大幻想家，”卫复圭满不在地。“他想要爬上去，爬得多高多高。但是人很所谓背时。他于是乎就用点幻想来安慰他自己。”

“这种人也可怜，”白骏太太笑着叹口气。

卫复圭不大好意地微笑着。

“都是一样的可怜！”他稍为提高点嗓子。“个个想爬，个个想发财，想弄几个钱，个个一样的！……说是说不应当有升官发财的心。但是这是一个升官发财的世界。”

说话的人站了起来，取下眼镜用手绢揩揩又带上，就在房里踱着。他瞥了白骏他们一眼：觉得他们可怜。

可是他没轻视他们。

“我配轻视他们么，”他想。“我跟他们一样，我不过看得明白一点。我的生活跟他们一样，一样……生活，生活！”

他右手握着拳在左手上拍着，冷冷地说：

“我们都没有出路！”

接着又想：

“跟他们谈这些有什么意思！”

白骏表示没办法似地摇摇头：

“我们真不得了。……随你哪个，生活是没有保障的，好容易有个饭啖地，一下子又落空。……回乡里去也没有饭吃了：不晓得什么缘故，如今有田的人都没饭吃，非自谋生计不可，真不敢领教。”

白慕易从没瞧见白骏的脸有这么严重过。现在他白慕易觉得不那么孤独了：没有办法的人不止他一个，即使是那些官儿们也时时刻刻在动摇哩。他把博士帽取下，很重地一下拍到桌上，起劲地问：

“究竟是什么道理，我们这般人回去都没有生路了。”

“外国人，”卫复圭表示着“这是当然的”那种口气。“外国人，所谓帝国主义，他们在中国把生意一做，把势力侵到乡下，乡下人就破了产。”

白慕易想：

“扯到外国人身上，扯得那样远！”

大家漠然地瞧着卫复圭。可是他们相信这话是有点道理的：他们都相信他。

卫复圭在恼着他自己不能把这些话说得更明白一点，他脸有点红意。

到临睡，白慕易把博士帽取下，自言自语地道：

“都没有生路，生路没有保……保……”

糟了心，他又想不起这个术语来。

二

白慕易住得有点心焦。

“刚舅舅那里究竟可不可以想法子？”

“一下子怕没办法。”

白骏太太试探地说：

“七姑太想给她大女孩子做一件棉袍……”

没答腔。

白太太瞧了她丈夫一眼，又温暖地对着白慕易：

“一个人总希望不要太大，譬如五太公，那样好的学问，到没有办法的时候也去当杂货铺的管账的，有什么办法！……”

“我们也是靠不住的，赚一天吃一天，”白骏说。“我要是学了什么手艺我就一点不怕了。”

那个用手摸摸他的颧骨，没表示。

白太太觉得应当说到本题了，她就微笑起来。

“你做几件……我给你去领点衣服来做好不好？……每天做一点，也费不得许多时间，横竖你空着没有事。……好不好？”

“做衣服？”白慕易感到受了绝大的侮辱。别人正打着他的致命伤。要不是白骏夫妇，他会一拳送过去的。

“横竖你没有什么事。”

“哪个做衣服！”他愤怨得声音都打战。“我再去学下流么，再去做裁缝么，再……！”

别人就不开口了。

白慕易伤心地想：

“什么人都靠不住：他们一定是嫌我多吃了他们的饭，我搬走罢！”

搬到什么地方？

五舅，沈上士……

都不行！

在别人家里吃一口饭就受别人的侮辱。

“他们笑我当过裁缝，他们挖苦我……”

他绷住脸出去了。想去找沈上士。可是好像有个什么牵住他不叫他去。他又不愿到五舅那里去：五舅一见他就得搬出他学手艺的话来的。

“一世的缺陷，一世的缺陷……”

说起来总是当过裁缝的，即使当了大总统！

他无意识地走过了好几条街。走得怪快，像有部机器拖着他走。街上的一切他都没瞧见。那些店家挂着的热闹广告，吹打着的小调子，对他都是白费的。那些个柏油路也好石子路也好，于他的脚板都没感觉：他的脚像生在一个陌生人的腿上。今天受的刺激太大。柯科长的官架，胡副官的训斥，开除，于是失业，而这些的总和，还不及刚才所受侮辱的打击之万一。他隐隐觉得，从今天起，他是重新做一种人，似乎有一个别的生活要开始，这新的生活他不知道是快乐的，还是苦的。于是忽然他有个奇怪得使自己都莫明其妙的思想：他觉得他自己已经死了——死了，完全死透了，连灵魂都死去了。现是在游魂，或者是所谓“还脚债”。他的亲爱的人们也许正围着他的尸身在哭。可是他死在什么地方？什么时候死的？不知道。也许是辞差以前死的，死在袁国斌手里。袁国斌的眼泪滴到了他冰冷的尸上。麻子和沈上士或许在旁边叹息。王传本或者在替他穿尸衣，用战栗的手把可怕的白色的衣穿进他灰白色的手臂。……不是吧。他想，那太惨无人道。……他或者死在故乡，他并没出来当什么承发吏，也没当什么传令下士，他是当裁缝的时候死的：太太在哭着叫着要自杀，他的孩子们因娘哭而哭着。一些亲友长叹着：

“他是有志气的人，他不幸就死了。……”

于是呢，他们把他装进一个木制的长方形盒子里，埋到土里。坟前竖了一块碑以供人凭吊，而且碑上的字一定是张二太爷写的。写什么？文曰：

“裁缝白慕易先生之墓。”

裁缝，他只当了裁缝！

“操得你屋里娘，真糟心！”他想。

他希望他没当过裁缝，他还是做孩子的时候死去的，他的父亲……

“我想了些什么啊？……想得真怪！……”

可是隐隐地老感到他父亲还活着，在教学生，就是五舅舅所谓子曰店。他父亲跟一班老头在叹息他白慕易的夭亡。……

白慕易深深抽了口气，拿手使劲地摸着颧骨，仿佛要探探自己是不是像死尸般冰冷的。

他没死。

死是没死，白慕易可老觉得他自己在飘着似的。街上的汽车发怒地吼着来，吼着去，拖一个庞大的影子在他身边扫过，他老当它们只是一种幻影。电灯，人，电影广告，高高的建筑物，这一切都不是现实的。他一双脚仿佛踏在棉花样的东西上，软软的，踏下去没一点弹性，而且似乎有点温暖。

“我是做梦……”

于是他又追想这梦是什么时候做起的。

风吹着他有点冷，他把双手笼到袖子里。忽然又抽出手来，他认为袖着手是不大好的姿势：胡副官说过，“穿军衣的时候不许把手筒在袖子里。”

手忽然感到很冷。

他笑起来：

“胡副官也是梦里面的呀。”

轻松了似地袖进手去，他跨上人行路。他踏得很重，想要证明自己在不在做梦。……

“老白！”

一只手搭在他肩上。这使他有非常清楚的感觉：他并不是在做梦——猛然一觉醒，一种莫明其妙的失望和痛苦忽然就咬伤了他的心。

他回头：袁国斌一张笑脸离他靠近得只有一寸远。

“哪里去？”别人问。

“走走，”白慕易的声音像有块大饼衔在嘴里。

“怎么不常来看看我们？……你近来怎样？……”

“没有生路。”

“跟我去喝一杯罢，好么？”

白慕易轻轻地摇头。

那个一把抓住他的手。

“怎么不去？……有事么？……”

似乎怕白慕易岔嘴，袁国斌赶快又接着说：

“你又好像有心事哩。……去罢去罢。……”

白慕易忽然非常感动起来，不过不知道是因为这个人可爱，还是因为这个人待他好：他不知道。他也许在下意识里讨厌这姓袁的也说不定，或者是嫉妒袁国斌一点什么。他拼命把要淌下的眼泪忍住，于是跟着他去。

回家是三点钟，他有点醉意。卫复圭和李益泰在房里，跟白骏太太在闲谈着什么。他原谅白骏夫妇了。

“他们生路也没保……保……保什么的。……他们也可怜。……真可怜呀！……”

“吃了酒吧？”白太太问。

“唔。”

别人就像没有他旁边似地谈起来了。他们像争论一件什么事。

“无论如何不对！”卫复圭似乎有点发怒。

白慕易有点热，卷起一点袖子，静静地坐着瞧着那个起劲的人，仿佛对他们的说话引起了兴趣。

“决计不对！”那个说下去。“老李我说你应该把眼睛看远些，多学些，不要人云亦云。人家说话是有立场的：他们是一种宣传。他们说这些话是于他们自己有利的，不然他们就会倒。等到他们一宣传，一些狗就学来当至理名言了。……老李你应该做个人，不要去学做狗……”

那位老李把他那双妩媚的眼张得大大的。

“哪个做狗，哪个去宣传？”他忿忿地。“你不是替反动份子宣传么。……我生平最恨反动份子，提到反动份子就马上该枪毙，该杀，没什么好说的。”

白骏太太微笑着。

“老李你真是！这些话毫无意思的。”

“反动份子不该杀么！”那个叫起来。

“你去杀呀！”卫复圭对着他。

白慕易听不出什么道理：他们谈着和他毫不相干的事。他躺到床上，瞧着帐顶，上面有许多黑点像一队臭虫。

“该杀！”李益泰很有气慨的样子，胸也挺了出来。“我虽然不能自己去杀，我总可以去告发。……你不要随便便，我告诉你，你从前武汉时代做过政治工作。……”

“的确是的。我也没有守秘密的必要。那时候首都在武汉，谁都在武汉。”

“我要告你是反动份子！”

“去告好了，我不跑开。”

过会卫复圭又催他：

“去呀，怎么不去？……去告呀：你既可以得奖，又替社会除了一害。……去呀，我等人来捉我，我决计不离开这里一步。……”

“什么事？”床上的白慕易是吃了惊。

那少校非常愤怒了。

“我一定去告。你怕我不会去么！”

“我是说叫你去呀。”

“我真去!”那个把军帽带到头上。

“老李你疯了么?”白太太还留着她的笑。

卫复圭冷冷地:

“四嫂你让他去告。”

可是李益泰又取下了帽子。

“我真有一天要告你。”

“你不要以为要过年了,警察不会来抓我:抓还是一样的要抓。你尽可以去告,我这里等着,你怎么又要放过这个机会?”

那个红着脸,不答。

沉默。

他们走后,白慕易自言语地道:

“都是没有生路的人!”

于是他轻松起来。

三

李益泰出了白骏家,往他二姨母那里去。

“卫复圭真有点硬劲,”他想。

他觉得刚才卫复圭硬是硬,可有点怕,他就是胜利地微笑着,还抿抿嘴。

告他是不会,不过恐吓恐吓而已。可是有种念头在他脑里一闪:

“告他一下怕有几十块钱奖赏哩。”

接着又看到一点困难：他去告的时候别人定得问他是什么地方的职员，要是查出了，他自己还有冒充军人的罪的。而且没有证据，要告的话。

然而这思想太不近人情：他真会去告么？

路上瞥见一些女人，他就专心到她们身上去。现在不想别的，只希望他能像他平常所说的，遇见一个娘们儿对他挤眉弄眼，他于是可以走去对她……

前面有抹粉涂脂胭的两个女人。

李益泰走快几步，侧过脑袋来瞧她们，同时他自己扬着眉毛抿住嘴。

一个有三十几的样子。那个年纪青点，也许只有二十来岁。她们似乎很忙，走得不慢。

他故意在一家店门口瞧一会，等她们过去了，他跟在她们后面。

两个女的谈着件什么事，南京口音。

“怎儿？”三十几的问。

“不晓得。那天他吃生果仁，尽吃尽吃的，肚子就吃坏了。”

“你要小心点儿啊。”

“呃。”

李益泰对自己说：

“那小的还妈妈糊糊。……‘他’是谁呀，不是她的男人吧？……”

他们转了湾。

跟着的人踌躇了不到一秒钟也转了湾：管他妈的，就绕一点路罢。

“喂，喂。”

他不敢大声地叫。希望由这“喂”发生点效果，可是又怕她们听见，声音就小得只有他自己听得见。

那两个没理他，又转湾。

“她们没听见，”他放心地想。

这回他不再跟，那绕得太远了。

走到二姨母家门口，瞧见一对男女——女的漂亮得使他打了一个寒噤。他抿着嘴，眼睛送着他们走过去。那两个人那种怪亲热的样子逗得这位少校嫉妒起来。

“一定是窑姐儿，什么人都可以跟她亲热的。”

再瞧一眼女的背影，他觉得自己这推测未免有点太残忍了。

“那男人一定是她的哥哥：不错，一定是她的哥哥，”他跨进门想。

七岁的小表妹跑到院子里来欢迎他，他就把女孩子紧紧地抱了起来。

“珍妹，不要叫哥哥么?”他拼命地吻着她，还企图着把舌子伸进她嘴里去——可是这没成功。“爹爹妈妈都不在家么，哪里去了?”

“不晓得不晓得!”

“你不要跟我好了么，我买葡萄干给你吃呀。”

“让我下来，让我下来!”

厨子施贵打米走过院子里，惊奇地瞧着李益泰：上星期四这位少校对他说他要到上海去的。

“你没到上海去么?”问。

李益泰放下珍妹，伸手要拍拍她的头：拍个空——她咕噜了一声“讨厌鬼!”就溜跑了。

“这孩子真顽皮，”少校说。“上海么，去过回来了。”

“真好快！……哪天回来的?”

“昨天。”

施贵向少校走近，装着一付苦脸。他低声地对少校诉苦：当厨子没出息，宁愿再当他的勤务兵。他从前是李益泰的勤务兵。

“好，可以，”他答，挺挺胸脯。“他们要我到扬州去办厘金，我还没决定。这里刘厅长也答应了我一个科长位置。”

那个活泼起来。

“厘金可是好差使：您一定去罢，一定！……我跟去伺候您。……扬州菜合不了您口胃，我去伺候您。”

少校微笑：

“我有事你也不必着急，我总要替你设法的。”

“那真感恩不尽。……您知道我命苦，一个儿子给火车轧死了，家里还有……”

“我晓得我晓得。”

停停。

“施贵你有零钱没有?”

“有。要多少?”

“五六毛钱够了。我刚巧身边没有零钱。”

从顶里面的衣袋里弯弯曲曲送出去四毛银钱到李益泰手里：钱还是温热的。

“施贵你把我去打两毛钱高粱，切两毛板鸭子——你要选选，要好的。”——那四毛热暖的银钱又交到了施贵手里。

因为怕二姨母回来又得说他不该喝酒，他就躲到厨房里把酒灌进去。他一面想：施贵买的鸭子一定赚了钱。

李益泰爱喝酒的习惯是由于他父亲。父亲四十几岁时候讨个所谓姨太太生了他，（他这位二姨母也是“偏室”扶“正”的）。老头非常高兴，把这儿子当神看待，认为他将来“了不起”：一面把英雄主义的教训搬出来，一面抱他到膝上，时时拿筷子醮着酒塞进他小嘴里。李益泰把这两种教育全接受了下来。可是他对他父亲很起反感：他想他家里的破产是老头不会当家的缘故。他所以在家乡无可生活到外面漂流找饭碗，都是父亲害的。虽然他自己认为前途无限，可有时也觉得未来有点渺茫，就常常痛哭起来——这多半是在酒后。

他没进过什么学校：老头儿不叫进。老头自己给他发蒙，给他念点圣贤之书——他认得几个字是从这里得来的。到十二三岁他就瞧不上老头儿，他知道他父亲除了是个诗人兼酒家以外，什么本领也没。诗可做得不坏，老头自己写自己："自汉魏至国朝，有诗无不学。"李益泰不迷信老头了，把遗老教育还给了父亲，并且大声说：

"爹爹你也要看看这是什么世界。……你还在那里做梦哩。……还要把二妹裹脚。太糊涂了。……你要做遗老你自己去做你的遗老，再不要害我们儿女，儿女的事你不配管！……"

可是根深蒂固的英雄主义教育可到底没动摇，这好像很合上他李益泰的口胃。一觉得自己了不起，父亲就显得更懦弱更糊涂。于是他带了英雄本色任性起来。先是喝酒，每次喝总醉得醉蟹一样。把家里的鸡捉来杀，杀的方法是英雄地把鸡的脑袋砍下，痛痛快快。长得再大点就借了父亲的名字向亲友借钱，到别人家里去赌宝。有时候跑到邻县的熟人家去住，一连几个月不回家。老头儿虽有点伤心，可并不厉害：他有种解释：

"你们不要以为我们益泰荒唐，没出息。他这样混下去，或者总有一天会得志的。"

十七岁就离开老头和故乡，在外面捞饭吃。他当过县公署的收发，连部里的特务长，布店店员，文书上士，小学校的书记，准尉司书。

“这么混下去怎么办呢，”他想。

他的才能老没机会施展。

“因为我不走时，还没到时候。运气一来，就对不起，老子总有一两手！……”

常常就找熟人算他的八字，看相。八字可并不坏，可是在后头：起码要等到三十五岁。

“等等罢，”李益泰安心地，“三十五岁！……”

在熟人面前，他难受起来：

“我这样一个人，干这样的小事情：真没面子……”

接着他幻想有个阔人认识了他，认为这李先生怀才不遇，就得跟他李益泰商量。

“我们那里少一个科长……”

或者：

“你愿意办厘金么？……”

再不然——

“有个中校缺，你先屈就屈就罢。……”

李益泰兴奋起来，遇见朋友们就抿抿嘴，详详细细地告诉他们：

“梁委员找了我去，问‘你现在怎样？’我说‘不瞒你说，我实在穷极了，’‘好，’他说，‘你莫性急。王委员要找个有能力的科长，我想你既没事，不如暂时屈就一下罢。’不过我还没决定，我觉得那里不大有出息，那里都是……”

而且每次这么叙述了，他定得制不住地要把自己去浸到酒精里。他还细细回想别人的表情——是不是在相信他的话。

“科长，科长……”

他并没去当这差使。

“呃，譬如现在辞了职了罢！……”

“我想过了，”遇见朋友的时候他说，“王委员那里那个科长差使我决计不去干，那里太没什么意思，我倒愿意当个科员。……科长责任太重了，背不起。”

接着就得说点恋爱故事。譬如像今天路上遇见的两个女人，他就叙述他怎么跟，搭上几句话，那年青的回头一笑，轻轻地说一句：“礼拜三秀山公园。”他准会后悔地补足一下：

“啊呀，我竟没问她上午还是下午，几点钟。到礼拜三我只好一早就去，等她一天。……”

四

“你什么时候回的？”二姨母问。

“昨天，”李益泰说。

“我不是要你在上海替我买床毯么。”

“是啊，我带来了，但是……我是这样的，”他很小心地说道，“我临走的头一天接到梁委员一封快信，他说他的家眷要到南京来，托我就便照应。我当然不好却。……呃，真是麻烦：我下次无论如何不照应这些事了。她们女人小孩子一大批，都是不懂什么，好像一辈子没出过门似的。行李又有十七八件，真是！……要不是梁委员跟我要好，看得起我，谁给他干这些麻烦事。……那床毯就放在他们箱子里，因为我是一件行李都没有的……现在他们收拾房子忙，过两天我一定去拿来……呃，照应女人小孩出门真是麻烦，简直是……什么东西都要你照应，小孩子又不听话，东跑西跑的：要是有个什么意外，我还对得起朋友么？”

二姨母的脸贫血地黄着，不打粉，背有点驼，因此显得很老实的样子。她很相信她这个姨侄：五成因为他是娘家的亲戚，五成因为他能干，将来有出息，她想到她自己和姊姊都当过别人的所谓姨太太，怕有轻视她的，就把李益泰宣传得不知多好，表示着：“当姨太太的不见得生不出好儿子。”……

她羡艳地听着李益泰说她的委员朋友。她想：要是这时候家里有许多客人多好！他们听了她姨侄的话，一定会觉得这个人很伟大的。

李益泰又说了别人叫他当科长的事。

珍妹挨到了她母亲身边。

这位少校耽心地瞧着珍妹，可是这个女孩什么话也没告诉母亲：她在专心地折纸玩。

“珍妹吃葡萄干么?”

他又转向二姨母:

“这回在上海买了些好葡萄干,想送珍妹,到这里来的时候却忘记带来了:该死,记性真不好!”

二姨母老记得她的毛毯。

“毛毯多少钱,哪里买的?”

“冠生园。”

“冠生园?”她惊奇起来。

可糟糕:他记不起冠生园是什么店了。

“唔,我记错了,”他笑。“不是冠生园。……是在泰丰公司买的……唔,又说错了。是先施公司买的,先施公司……价钱是……好像是……记得是二十块。……”

他掏遍了自己所有的衣袋。

“啊呀。发票丢了!”

“不要紧。……颜色是我所说的买的么,料子是不是这样的?”她拿起床上一床毯子。

“一点不错。……我走了许多家都没有合式的,到冠生园……我又说冠生园了,我这记性真是!……后来到先施公司才买到。我想一定合您的式。明天拿来给您看看罢。”

“那真便宜。”

“梁委员的太太也说买得内行,”李益泰很快的接上来,“她也去买了一床,也只有二十块钱。二十块钱在这里买不出……二十块钱到底还不算贵。……”

晚上十点钟才走。

“益泰你垫了毛毯的钱还你。”

“何必这样急呢，您真是!”把钱塞到袋里。

“你闲着没差使，当然要钱用的。”

李益泰出了二姨家……

不，其实她并没出她家大门，只出了上房。

“施贵!”李益泰敲门房的门。

他挺直了腰，站在弯着腰的施贵面前就显得怪伟大的。

“施贵你的床可以睡两个人么?太晚了我不能回旅馆去，在这里跟你歇一晚算了。上房里又没有空的床铺，我也不好去吵扰长辈。”

“我住的旅馆还在下关。”

“干么住在下关?”

“唔，当然有道理的。……本来我托梁委员送汽车来接我同回下关去的，他的汽车又不得空。……施贵，你有笔墨没有?……”

他靠在油腻腻的桌上写封信给章厅长，他想请他写封介绍信——这已经写好了，送去只要章厅长签字盖章。接着还打算附个贺年片，他考虑着要怎么称呼。

从里袋掏好几张红纸片，写了不止七八次，都觉得不适当。

“称前辈么？……还是称先生罢。……筱庵厅长先生……不对。……筱庵先生厅长。……呃，不能称先生应当称……”

最后：

恭贺

筱庵厅长大人新禧

晚李益泰鞠躬

“对啦。好的。”

他自己的通信处是白骏转。

“已经麻烦过章厅长好几次了，次次荐信都没效力，不知他还肯不肯再盖章发信。”

第二天一早发了信。他用有点打抖的手把信放进邮筒之后，忽然有种很难过的感觉。

“完了，”他想。“生死存亡，在此一举。”

懒懒地离开邮筒，非意识地向白骏家里走去。

“要是章厅长不肯盖章……”

心头像挂在一个十来斤重的铁锤。

“不要记住它罢！”

慢慢地加快了脚步，他摸摸衣上那块有硬的地方——二十块钞票！

他就痛痛快快地计划着今晚跟王老八去找哪家私窠子。

五

元旦前一天。

人们似乎都很起劲：这只是因为放几天假才起劲的，可并不是什么热闹着“过年”。

放假不放假于李益泰没多大关系，他反而觉得可恨：一放假，章厅长的信一定回得迟。大官们忙着拜年，玩，而且在假日，厅长找不到给他写信的人——他们阔人多半不自己写信的。

李益泰起得迟。他照了好一会镜子，就考虑着要不要到二姨母家里去：二姨丈叫他今天去吃晚饭。

他住在一个本家李三房里。说“住”也许有点语病：他李益泰没什么一定住处，什么地方方便就在什么地方躺一晚，不过他和李三拼铺的日子最多而已，他唯一的一件行李是一床褥子——其余都存当铺里——也放在李三床上。李三四十岁左右，在一家纸店里做活，除了废历新年可以歇几天，一年到头都在工作。他是个单身人，人老实，吃点小亏不大放心上，李益泰就爱上了他。李益泰从没对人提起过李三，也不跟李三同在街上走，要是有万不得已的事要跟他同走，他定得离李三远远的。看来就仿佛是不相干的人了。

房子小得使人透不过气来。阳光是怎么也不肯光临到房里来的，满房子就浸在霉味儿里。朝北有扇一方尺大小的格子窗，用纸糊着，上面画着一条一条的霉腐的斑纹，拖得怪长的，一直拖到壁上，像几片灰黑色的瀑布。桌子椅子仿佛从骨董店里买来的，年纪都不小了。样子可很幼稚，像走不起路来的孩子似地，摇摇欲倒地站着。床是木板床，帐子被褥都给霉气和煤烟染成很黯澹的颜色，瞧不惯的人会瞧得眼睛发胀。

这里只有李益泰一个人。

他吐了口唾沫，把手里那块银元大小的圆镜子放到桌上。过会又拿起来，放得近近地瞧着，接着又放得远一点。脸上哪一部份的肌肉都在对镜子活动着，做出许多花样，像一位明星在排演个什么剧本。

肚子里在猜着：二姨家里有没有酒喝。

他慢慢地把三角皮带挂上，带起帽子。

不到姨母家去当然不大好，可是……

“毛毯，冠生园的毛毯……”

像一个殉教者去跳到火里去似的，他横一横心，到了二姨母家里。

“珍妹，来!”

珍妹不睬他。

"珍妹，吃葡萄干哪。"

这里李益泰突然装了做错事自己埋怨自己的样子：

"啊呀真好笑：葡萄干又忘记带来了。"

接着笑，加一句：

"我不知道怎么的，近来记性真坏。……呃，事情也太多了：我虽然赋闲，但是好像非常之忙。"

二姨母瞧着他，想问什么。可是她觉得问了就对不大住她那姨侄似地，就老没开口。

那位少校姨侄领会到了她的意思。他抿住嘴，把眉毛扬一下又皱着。

"您那床毛毯……"

二姨母本吃力地挺直腰坐的，对方一提到这句话，她的腰就像放心了地弯了下去。

"您那床毛毯，"李益泰表示着"真没办法！"的劲儿，"我昨天连三趟，……女人们真是麻烦，委员太太更是那个。……我昨天去了三趟，她们什么箱子网篮都还没理好。我当然不好意思硬要梁委员太太给我检出来。……真是麻烦！……"

"迟几天到不要紧。"

二姨丈始终没开口，老把个令人莫测的微笑摆在嘴角上——这使李益泰怪难受的。他觉得姨丈这微笑劲儿里许有点意思。他老用一双眼瞟过去又瞟过来：偶然和二姨丈的眼遇着，他就赶紧瞧到别处。

他忽然恨起自己的眼睛来——地位生得真不好！

“二姨丈近来忙吧？”李益泰像舌头上生颗疙瘩似的声音。

“唔，无所谓。”

那个把拿着雪茄的手临空提着，走到李益泰身边。

“不错，我要问你一句话。”

笑还是微笑着，不过这微笑后面还有点别的什么：使李益泰神经衰弱地感到可怕。

“袁妈对我说，”二姨丈满不在乎地，“说你那天晚上没回去，是不是的？”

“哪天晚上？”李益泰仿佛给谁打了嘴巴似的神气。

“记不起是哪天，总而言之是你从上海来，头一次到我家里来的那天。”

“唔。”

“那天你没回去，就跟施贵同睡，有没有？”

这位少校脸红得像猪肝，吞吐地说：

“哦，不错。……那天是……那天是……”

“是怎么？”还是微笑——可是太叫人受了。

“我是……那天是……那天是这样的……我住得太远——住在下关……”

那个抽了两口烟。

“你要知道，你到这里来，下人都当你少爷看待。……你走了的时候也没告诉我你路远不好回去，而到施贵房里睡，这多扫面子！……而且……”

又抽烟，就“而且”住了。

李益泰站了起来，费力地笑着。

“我本想告诉您，想在上房歇的，后来……我觉得也没有地方睡……我觉得上房里没地方睡……我不好意思惊动长辈……”

“啊，你说一声多好呢！”

“我不知道……”

“跟厨子睡，这未免太那个了，太……”

二姨母期待地等着李益泰，她希望他拿得出更充足的理由来。

果然期待到了：李益泰试探地说了一句，可是他自己不知道这可有效果。他的是：

“我向来讲平等主义的，我以为……”

他瞧着等着二姊丈脸上的变化。

那个不表示，也不言语，只笑一笑，像说：

“这是孩子话！”

李益泰出了大门就恨恨地想：

“丢了面子！……二姨家里下回再不去了。……”

二姨丈那付不大好惹的微笑老在他眼前幌，他感到全身触了电似的。

“他是老奸臣猾！……”

干么他要丢那样的脸子？这件事是十辈子都洗不清

的污点。于是他忽然忍受不了地痛苦起来，他觉得他失掉了——或者是缺少——生命上一件最重要的东西：这说不出是什么，不全是肉体上的，也不全是精神上的。失掉了什么的这感觉，不自今日起：他从有了知识就感到了的，不过现在尖锐了点。可是他忍着，他以为将来总有一天会补起这缺了的一部份：他过去所有的日似乎都是在等着这个日子。可是——第二个“可是”一来，他又仿佛心脏上长了一颗鸡眼似地难过着：这日来得太慢了！而且或者，也许，它竟不来！

这日子会不会来到？

天知道。

李益泰把帽子一扔，问李三借两毛钱打酒喝，虽然他自己口袋里也还有钱。

这些想不明白的事还在逗他李益泰发怒。

“都是老头儿不好！”

接着想到二姨丈，白骏，卫复圭。

“卫复圭这小子，我总有一天要告他！”

把两毛钱白干灌下了肚，他要去摸索他的一线希望去了：他到白骏家。

“老骏，我有信么？”

白骏太太拿封信给他：章厅长的！

“咦，好快！”他自言自语。

用了颤颤的手拆信。

写了些什么啊，天王爷!

他眼睛发了黑。他瞧见房子里的桌凳椅子，人，壁上挂的字画，都不安地在打旋。好像要呕吐似的感觉震动了他的全身，他仿佛觉得自己被谁绑着倒挂起来了。

信上写着什么?

没有信。只是把李益泰的信和请章厅长签名盖章的信寄了回来。只是章厅长在原信上“批”几句话：

> 找我写信已数次何以又要写实在麻烦以后不得如此
>
> 近来同乡朋友之中对你颇有微词虽未必可信而你行为不检信口胡说实难免对你有流言也你今赋闲而服装仍为军衣信纸封皆用机关的一旦查出即为冒充军人犯我是不敢与犯人写信的
>
> 再闻某君言你对我背后大为攻击说我讨厌摆官架则你大可不必与我来往加之你有许多阔人作朋友正大可不必找我这小厅长也我无暇写信书此数语以当拜覆即请旅安并贺
>
> 新禧　筱庵批

“完了，”看信的人想，“完了完了。……Ai，完了！……”

他很快地把信塞到袋里去。可是马上又掏出来，细细地瞧信封：究竟白骏拆开过没有。

“说些什么？”白骏问。

“没有什么，”又把信塞进口袋。

白骏太太知道这时候笑不得，可是没勒得住，笑了起来：不过忍住声音，还拚命用嘴唇来盖住露出的牙齿来补救于万一。

她丈夫跟她交换瞥一下眼，笑一下。

“看看不要紧吧，”白骏说。

“没什么好看的。”

“发表了中校的事，是不是？”

不答，李益泰走了。

“这批忘八蛋！”他肚子里说。“我以后再不踏进这姓白的门了。……再来的我也是忘八蛋！……”

他跨出门。

“这是最后一次跨出他们的门。”

于是像留恋一点什么似地，他忽然回头对那扇门仔细瞧了一下。

外面已经夜得透了。街灯像电火不足似的，一点不起劲。到处似乎布满了烟。

李益泰感到所见的每个人，每盏灯，每辆汽车，都对他——也许是他对它们——起了种敌意。

他想要摒绝一切的熟人，就连李三也在内，他想跑到什么远处去：譬如西藏，新疆，甘肃，或者檀香山……

“檀香山究竟在哪里呀！报上面常常说檀香山，檀香山……还有夏威夷……”

痛　苦

一

元旦第二天，王老八请白骏夫妇吃晚饭。同席者都是些熟人：像白慕易，卫复圭，李益泰，赵科员等。还有一寸五分丁。还有一位老先生——梁梅轩。

白慕易说：

“我不去。”

“怎么不去呢，别人好意请你，”白骏太太忙着梳头发。

“当然去的，”白骏插进一句。

白慕易知道去了他一定会要跟他们不调和的：他们都是官，而他白慕易是，连下士都没有了。

那位太太把衣换了，照照镜子，做出三四种不同的微笑姿势：她想选一种来应用。

“好，走走，时候不早了，”白骏带上他的帽，对白慕易说。右手却搭上太太肩上。

“我想我还是不去的好，”白慕易感到心头有点酸痛，又有点怨恨，仿佛他的不能去是白骏或者是他太太害他的。

“去，去！”

“我又没有衣裳穿……”

“笑话！谁有衣裳。……都是几个熟人有什么要紧，又不招女婿。……”

要是不去，他一个人在家里干什么，这是很难解决的。他们是几个熟人，多半是同乡，都是官，都是……

“好，去罢。”

他们到王老八家，人已经到齐了。梁梅轩老先生正在发什么议论，李益泰像在很同意地听着他。

梅轩老先生绷住脸跟白骏夫妇点个头，又继续他的话。

“这真是洪水猛兽，一点不错。……”

“我主张捉到了就杀，”李益泰英雄地说，瞧了卫复圭一眼。

王老八笑起来。王老八对什么事都没有意见，对那件事总没说过是或者不是：别人发的议论他老觉得是对的，他可以同时相信两种最相反的话。可是也有例外，这是对李益泰而言——他的每一句话，王老八总以为它靠不住。王老八想对这位少校说句笑话，可是想不出一句适当的。

一寸五分丁似乎不屑加入他们的谈话，他坐在角落里抽烟，哼着戏，用右手的三个指头在自己膝头上打板。

这个哼着戏的小小身材一落到白慕易眼里，白慕易就莫明其妙地窘起来，鼻上突出了三四粒汗颗子。

“不该来，”他想。

可是那个在专心他的唱工，哼着哼着，声音也大了起来。

“……一嗗人，逃哇走……连累呀他……啊……”

白慕易对了这有点神秘的小个子总得联想到刘秘书，想到给柯科长送信。他直觉到这位小人儿准得知道他白慕易当过传令下士，送过给信他朋友，因此这位先生就装做什么人都没有瞧见，大模大样的劲儿。他也许还知道他是给开除了的。

“难怪的，”他对自己说。“别人是科长，是……”

忽然觉得自己非常渺小了，即使在五舅面前。

梅轩老先生在兴奋里会钻起嘴来的，因此他现在嘴就突得挺高：映个大影子在壁上，像神话里的什么魔兽。

“我呢……我讲起来固然是的：我没一个钱，”他找着李益泰当个谈话的对手，“我没有一点产业。我是无产可共的。讲起来不当怕赤匪，那当然。……然而……”

李益泰反对着：

“怎么不可怕？”

“是啊，你听我说，”梅轩老先生摆摆手，对大家瞧瞧。“我虽无产可共，然而……然而……我总以为他们是可怕的：四十以上的人，杀无赦。……他们不但杀人放火，还要公人家的妻……”

“真么?”赵科员插进来问，随意地。

“当然真。那当然，那当然。”

他点着一枝烟卷。

“我要是……”他烟熄了，又插根火柴。“我要是……如果赤匪一来，我先要把勇嫂杀死了，免得给那些禽兽糟塌。……然后再杀死我的老娘，然后自刎。……”

王老八说：

“那就是烈士了。”

“那倒不然!”老先生纠正他。“我何必在现在做烈士。……我是个旷达的人，要做烈士早做了，何待今日。……然而到那时候，你非自刎不可：实迫处此，并非想名垂青史，把事迹送到太史公那里去。……与其死于狗彘不若的人手里，倒不如我自已来……”

白慕易摆了付非常难受的脸色瞧着他：仿佛怕他五舅马上要自刎似的。

可是尽管放心：他们的题目已经变了——由公妻到现在的女人。

“如今的女人真太文明了，”梅轩老先生吸足一肺的气说。“新文化也有是处，也有不是处，应当取长舍短。一味盲从是不得了的。……我并不反对新文化，我还提倡过的。然而现在，那些女人……”

“老八，”白骏突然地，“今天有醋溜鱼吧？”

“没有。怎么？”

“我闻到了酸味：真酸，不敢领教。”

他瞧瞧大家，大家没笑，甚至于他自己的太太都没有笑。

“你们觉得冷么？”白骏又问。

“你冷么？”

“好像是，”他要暗示别人这句话的用意，他自己先笑着。“我好像汗毛都竖起来了。”

这回一寸五分丁和白太太笑了起来。

梅轩老先生仅只可惜别人打断了他的话。这里于是又赶紧接了下去。

“我家里的女人，我还是要叫他们讲道理的。”

大概由于兴奋，梅轩老先生就不大去选择他的话了：他竟拿勇嫂来举例。

他说他不准勇嫂在买菜的时候跟菜贩子说话，因为菜贩子是男的——即使是女的，也不必多说，那些女人往往可以勾引上等人做坏事。又有一次，一个挑水的挑水来的时候，老瞧着勇嫂——

“虽然未必可以讲他居心不良，然而戒心不可不有。

我于是乎换了一个挑水的。……”

在叙述这些的时候，他老偷偷地去瞧白骏太太几眼。

白骏太太完全没听着他的：她在跟卫复圭说什么。

这位老先生忽然意识到自己起劲得过了份，他失悔地想：

“糟糕，我怎么把这些话也背出来谈了？”

像要补过似的，他就把嘴闭住。

“糟糕，”过会又想，“糟糕，糟糕！”

走出了王老八的家，梅轩老先生这种失悔变成更尖锐。他觉得自己做了件无可饶恕的坏事。他无非是要努力使勇嫂能毫不惭愧地做个梁家的媳妇，可是这年头太可怕：一个不留神就得……

他打了个寒噤：他认为勇嫂是有危险性的，或者她竟已经……

可是这些只能放在肚子里的，怎么今天忽然——他自己认为是“忽然”——对那些不相干的人说了出来？真见鬼！他诧异自己先为什么就那么起劲。他那番话要是从白骏夫妇嘴里传出去，就会变成怪悲惨的故事了：

“勇嫂相好一个挑水的：梅轩老先生自己告诉我们的……”

听的人准得问：

“真的么？”

他们一定是：

“怎么不真，叫我赌咒都可以。”

听的人得轻篾地摇摇头：

“梅轩先生真老糊涂了！”

于是他们还要说些猥亵的话，还要大笑，说不定眼泪都笑出来。……

梅轩老先生希望听谣言的是些明白人，他们听白骏夫妇恶意地捏造了这故事之后，他们能够这么想：

“啊呀，白太太你不要说别人了，你自己也偷人哩。”……

梅轩老先生感到稍为轻松了点。他对自己原谅着：他那番话的用意不过是，五成宣扬他自己的家教，五成用来挖苦白骏太太。措词没有得当倒是有的。

他抽了口气。

虽然原谅着自己，可是他心头的阴影似乎更黑了。他的五脏仿佛也愈加沈重了起来。打算要赶去那些不快的感觉，他便想：

“路真远。”

过会又：

“真远，真远！”

“车子！”他叫。

一辆洋车飞跑地到了面前，梅轩可又想到自己做错了事：

“怎么叫起车子来了？”

他不停步，还走着，嘴里轻轻地说了地名：他希望车夫没听见，一方面是他已经说了地名，就并没有什么对不起车夫。

然而车夫竟听得明白。

“两毛半罢。”

梅轩老先生依然走着，而且加了速，嘴里轻轻地说：

“一毛！”

车子跟着他。他嘴突然很高。

跟了什么七八丈远，车夫说：

“一毛我拉去。”

“真可恶！”梅轩老先生自言自语，跨上车。

接着他怪伤心地想：

“上了当：一毛太贵了。……真贵，真贵！”

他在车子上急切地希望车夫走错了路，让他去跑点冤枉腿，或者想个什么法子使这路延长许多。……

二

年假一过去，梅轩老先生担忧着裁员的消息。

“我既然没有积蓄，儿子又不能够养我们，要是被裁，只有死路一条。”

太太只叹气，不言语。

梅轩老先生恨起太太来。

“跟你讲是白讲的，你一个月之中总要醉二十九天。

将来大家没饭吃，看你向哪个要酒吃。……我快六十的人，还要养儿子媳妇。……”

勇嫂虽然在大声地咳嗽，可是梅轩老先生的话都听见的：只要他们提到“儿子媳妇”这样的字眼，她就不要用听觉也知道别人谈到了她——这成了她的本能。

可是她只管自己咳嗽着，不言语。她给梅轩两老做一切的事，像个奴隶。说起来是梅轩老先生养着儿子媳妇，可是其实，勇哥每月寄四块钱算勇嫂的火食的，不过这个月的不知怎么回事还没寄来。梅轩老先生刚才的话是针对着这个吧。可是勇嫂不说一句话。她把汽炉烧起来，发着愤怒似的叱叱声，房子里满是酒精蒸汽的味儿。她于是把个小锅子放上去，举动驰缓得像蜗牛。咳一下，汽炉上的火焰就摇动一下。她很心闲，仿佛眼前的世界就得渐渐推移过去，至于消失，于是一个新的世界开了门让她进去：这是说，她最近决定了一件事。

她跟她翁姑一样是田间出身的人。以前她爹妈并没告诉她应当怎么做媳妇，可是她似乎很知道：她瞧得多。别人做媳妇是要服从，不论丈夫，不论翁姑：家里一切要用力气的事都得做。她勇嫂就知道了：做媳妇的此外没有第二个方式。在故乡结了婚，她就开始衲鞋底，缝衣，到灶里去烧柴，同时忍受着梅轩老先生的咀咒。可是一到了城市，她所见的又是一种生活：她发见做媳妇的有种种方式。先是惊异，接着有点佩服别人做媳妇的那种勇气和胆大。她觉得她应当也做一个“人”。她想到她那奴隶似的生活，长辈的咀咒。他们所谓做长辈的凭什么那么虐待她：梅轩老先生在事实上并没养着儿子媳妇——勇哥不是按月贴火食么？

反感在她内里煽动着，渐渐表现到行为上。第一步，她对锅子碗盏那些什物报复起来：她不高兴的时候就把锅子之类很重地放到地上，拿碗也是，拍！一声重响放到桌上。

“你生哪个的气！”梅轩老先生在这里得叫起来，把嘴唇翘出寸把高。“你怎么不把饭碗菜碗都打碎呢！”

虽然反感，可是不开口。

反抗的成份天天地累积起来，可爆发了。

那天：

“拿洋火来，”老头儿叫。

她去拿了盒油腻腻的火柴来，扔到靠着梅轩老先生的桌上。

梅轩老先生不伸手抓洋火，只瞪她一眼。

“来！”他说。“做媳妇作兴这样子么！……我要你拿洋火，你就对我一丢，唔。……哪里有这种样子的！……人家说起来还当我是姑息你们。……翁姑待你们宽，待你客气，你就以为你可以吃住我么！……这样一丢……太岂有此理，你实在太不把翁姑放在眼睛里了！……这样一丢！……丢，丢，丢你娘的pi！太没有样子了，太……”

接着咆哮起来：

“来！……为什么就走？……”

“我要烧火，”她咳着说，咳声比平常大。

“来！……我问你，你究竟为什么要那样一丢……你……”

她脸红着，咳嗽也更厉害了。她高声地：

“人家要烧火，生怕烧不着，我哪里有工夫。……要洋火，洋火拿来就行了，Khurkhurkhur！……那里还要……还要……Khukhukhukhurkhur……还要跪着拿来么！……我又没做错事……”

梅轩老先生差点儿没晕倒。他两个脚在地板上跳着：两膝不带点弯，因此跳的姿势很不大好。

“好好，你的有理！……娘卖pi！……我今天死都可以，我一定要办你，一定要办你！……”

“办罢，办罢：杀就杀，剐就剐！……Khukhur，横竖活着也没好日子……”

她脸上两条泪水。

梁老太太劝着两方，她提议要勇嫂赔个罪。

“好罢，”梅轩老先生说。“不过她要磕个头。”

她走出大门，不见了。

过了一小时。

怕她自杀，怕她私奔，老头自己又饿了起来：这些的总和使两个老人都怪着慌。

“娘，你到那些熟人家里去找找她看。”

两小时后梁老太太从沈太太家把她找到了回家。梅轩老先生不再提起什么，不过只绷着脸。

事后勇嫂自己也诧异为什么忽然大胆地回起嘴来。

这只是个开始。

于是她这做媳妇的变成了另一方式。

可是她仍然感到有不足之点：她还是在这个使她痛苦的世界里。她企图着解放自己，到社会里面做她自己的人，去抓到一种新的生活——这种生活是痛苦还是快乐，她还没工夫想考虑到它。

“走罢，”她想。

她去找她的朋友成七嫂。别人告诉她，她们以前商量的事现在已经成功了：她们可以到上海去进一家纱厂。

“你马上就要预备，”成七嫂说。

“一定可以进去么？”

“一定的。”

“我要不要告诉家里，你看？”

“自然要告诉。”

勇嫂兴奋得肚子都要裂了。未来的日子是光明，快乐，可是又很模糊。她努力去幻想那另一个世界向她展开之后，她每日怎么起居，做些什么事，却想不亲切。不过那种新的东西会来，而且就是马上——这点她是有把握的。

这几天来她都在计划着怎么对两老说。她们肯不肯放她去那是另一回事，去是她勇嫂要去。要对两老说这件事者，只是为了敷衍。

兴奋盖过了一切，她对于梅轩老先生那咕噜着的话都觉得没什么了。

“等他去说，”她想，“过几天我就听不见了。”

像是她的一种本能似的，她熟练把些豆油倒到锅里。她一面想着这时候梅轩说话的那张嘴，那长长的黑指甲，她笑了出来。她知道梁老太太现在一定也像平常那么坐着，梁老先生的话在她耳朵边波动着，她像在听他的，又像什么都没听见的样子。如果老头正面地攻击到太太身上，老太太就得回嘴。勇嫂可怜起婆婆来，她微微叹口气，肺里的痰给吹得呼卢呼卢地响，于是又悠长地狂咳着。

梅轩老先生还在用锈铁似的声音在说话。

“想想，真是不得了。……家里的人除开我再没有人问问明天的米哪里来。什么事都要我这个老牛来撑。……一旦被裁，看大家也饿不饿肚子，横竖不是我一个挨饿！……”

老太太想要说什么，可是没开口。

外面刮了风。不上几分钟风更大了，似乎全世界都给吹得动摇着。屋子给风袭得格勒格勒地响，像马上就得吹倒似的。房门给吹得一开一关，发出愤怒的大声。

梅轩先生关了房门，上了闩。仿佛这风吹散了她的忧郁，他不再泻出他的牢骚，只像埋怨风不应当打断他的思想似地，钻着嘴唇。接着叹了口怪长怪长的气。

“这风真古怪！”他自言自语。

墙上黏着的一张红纸给吹得颤动，叫着一种凄厉的声音，似乎在求援。可是大家都没注意到它，它就绝望地一声喊，飞到了地上。

这位老先生检起这纸条，郑重地涂上衙门里领来的胶水，又严肃得像一种什么大典似地把它贴上原来的地方。

红纸上面的字是梅轩老先生写的——一笔好苏字。

一事无成空叹流光之既往

万愁交攒不知涕泪之何从

元旦试笔

梅轩老先生在房里绕着圈子。一走过这红纸条，他总得向它偷看几眼。

虽然没开口，痛苦可还摆在面前：这痛苦似乎并不只是个抽象的东西，却是一个凝固的物体，仿佛甚至于摸得到，瞧得见。这具体的东西像长在身上的一个疙瘩，固执地钉着他梅轩老先生。他以前还打算摆脱它——或者可以说：割掉它。可是现在他认为这不可能，这鸟东西也许要钉住他一辈子，到死为止。

他还在绕圈子，每一个圈子老遇着些单调无生意的东西：先是歪歪倒倒的床，于是凳子，于是那张“元旦试笔”，于是桌子，于是不大透气的窗户，于是——那憔悴的老太太。她不开口，也不像在想什么，只有时轻轻地摇动她的脑袋，头上给墨胶着的一部份就电似地闪光。

走到第十来个圈子，他在桌边停住，预备拿烟。可是他不去拿。拔脚要走，他又停住。

他用沈着的声音对太太说：

“我固然背时。怎么你也那样背时！……”

太太深深地瞧了他一眼。

过了好一会，她瘪着嘴问：

“这回饭碗一定会要打碎么?”

“那当然，”那个把手筒到袖子里。“裁员……那当然。……这无论如何是……”

她不出声地抽口气。

“你觉得……”

下面她没问下去。

“唔，”他会意地用鼻孔应一声。

风更大了。

三

晚上八点钟，李益泰忽然来找梅轩老先生。他抿抿嘴，忍不住笑地。一进门就叫起来：

“报告一个好消息！反动分子总没好下场：哼，邱七……警察……他抓了去了……”

可是梅轩老先生非常吃惊。

“什么？……哪个抓哪个？……”

“警察抓邱七先生……怎么那么大惊小怪的？”

“怎么抓去的？”这位老先生张大了眼。

“听说有什么嫌……不是有阴谋就贩卖鸦片烟。”

老先生一把抓起他的瓜皮帽带到头上，一个劲儿奔了出去。可是突然又站住。

“如今人在哪里？”

“总是在这儿的警察署吧。”

邱七先生是同乡，常爱发些荒谬的议论。他梁梅轩虽然痛心嫉首地反对着他，可是尊重他：邱七先生是好人，待人有血性，别人都在人本位上敬爱他。梅轩老先生一听说他给抓了去，他只有工夫想：

“这种好人也捉将官里！”

他跑到了街上。

“要营救，”他想。

梅轩老先生走得很快，他自己不知道走向什么地方去。

风呼呼地响，地上卷起灰土，街上像用胰子洗过似的干净。

“找培本罢。”

他打回头。

顶着风走，两条腿爬山似地跨着，身子向前弯着。他老耽心着怕自己会给风吹倒，及仿佛怕身子的棉袍子或者小棉袄会给风卷去。他有点怨恨起来。

“娘卖pi！”

可是他不知道该咒骂谁。现在他没时间去想什么，去理解。他现在只做着“人”应当做的事。

一些沙土吹进了的他的眼睛。

“娘卖……！”

拿袖子擦眼，泪水沁了出来。脚还是不停。

一瞧见刘培本家的大门，梅轩老先生忽然有写了什么得意之作似的高兴，心跳着。

刘培本不在家。

他埋怨地想：

“平素这时候在家，今天偏偏不在家！……娘卖pi，野种！……”

他可并没打算骂刘秘书：骂的似乎是另一种人，不过他不知道，也不预备去知道这是种什么人。

一打转，梅轩老先生就顺着风走了。

“回去算了罢，”跟自己商量。

邱七反正是暴徒，抓去就抓去：咎有应得。他梁梅轩为了这么一个邱七，去吹风，去跑，这似乎太那个了，太……

“回去回去！”

一个邱七的影子浮在他眼前。邱七接济过他。邱七热心探望过他的病。邱七安慰过他，正是别人都不大瞧得起他的时候。

“邱七不过太‘新’，”梅轩老先生肚子里说，“人倒是……娘卖 pi，路这样不平！”

一块突出的小石头几乎叫他摔交，他一阵热。

他转了弯：不回去了。

“邱七是好人。……邱七如今一定很冷。……邱七为什么要这样？为生计所逼吧。然而……”

邱七是有饭吃的。

梅轩老先生想不明白好好好一个人干么要去犯罪。可是他对邱七有句断语大概不会错：“邱七是英雄”。

接着他起了种惭愧：怎么刚才竟想回去了？一个英雄，一个好人，现在落了难，他能袖手旁观么——做人的道理不是这样的。

他又对着风走。他两腿很费劲。风逼得他气都透不过来。他挺挺胸，可是没有挺得合适，把肚子挺了出来。

他在跟风奋斗，为了邱七。他这种行为是很对的，他还可以更勇敢一点。他想他自己是个所谓：英雄！

不感到冷，而且背上有点汗：他觉得自己年青了许多。

“要是这次邱七竟死了呢？……”

这种思想并不使他可怕：他认为这是一个英雄的归宿，古来有多少的大英雄都……

“那我要好好做付挽联。”

于是想着这付挽联的出句是什么。

“莫以成败论英雄……这或者可以做对句。……‘成败’可以对‘生死’……不是的，是‘死生’……”

要是邱七真死了，他得发起替死者捐钱，给灵柩送回去。他们还得给他开个追悼会。……

路上凄凉地只有一个两个行人，都是把围巾紧紧地封着脸子，或者把大衣领翻到两颊边。

“就这样怕冷！”

这老先生轻篾地想。

像故意要撑点硬劲似地，他把脖子伸得更直一点。

他到沈太太家借一个热水袋，灌满了开水，带着至邱七被拘的区所里去。

“没有这个人，”巡警说。

梅轩老先生不流利地：

“他是有点小小嫌疑，有点小事进来的……我跟他是同乡……我怕他冷，送热水袋……”他拿热水袋给对方看看。“他一定很冷的。……我也是公务人员。……”

那位巡警笑着。

“好，我再把你查查看。”

把右手中指不时地到舌子上蘸吐沫，那巡警翻着一半册子，带着一付非常精细老到的劲儿。

“哪，没有这个人，”巡警摊摊他两个手。

“真怪，”他嘴唇突出着，“真怪，真怪。”

忽然他感到不高兴来，仿佛正快乐地游着什么地方，被一阵雨煞了风景一样。他一时不好埋怨谁，他当然不怪李益泰，李益泰是他的同道，他就权且怪邱七。

“邱七真是！……他太……”

回到家里一句话不说，绷着脸抽烟。

“怎样？”老太太问。

“什么怎样！”他粗暴地说。“都是荒乎其唐的家伙！……跑到那个几区几所里面去，并没有邱七这个人。……我倒冤里冤枉替他……”

老太太摸摸借来的热水袋，她把里面的水倒去，另外灌上一袋。她好像很高兴。

“这个热水袋买一个不晓得要几个钱，”她问。

“不晓得。”

她老瞧着他的脸子，她想：

“那句话可以说了吧。”

勇嫂狂咳着跑出来，试探地瞧瞧梅轩老先生的眼，又瞧瞧老太太的嘴。她心跳着，像犯人等判决似的感觉。

老太太想缓和这紧张的空气，她杂七杂八说了许多话，于是又沉默了。

临睡的时候老太太吞吞吐吐地告诉梅轩老先生，勇嫂要去做工，要进纱厂，要……

“进纱厂！”梅轩老先生叫。

他忽然觉得所有的麻烦——要裁员，家里没有钱，刚才的问不到邱七，勇嫂要进纱厂，这一切是一条整个的线，是有步骤地来的，而且它们都互相因果着。问不到邱七虽然是小透了的事，可是他认为这是象征着他一生的命运，并且至少，这跟勇嫂要进纱厂有绝大的关系。他想他自己是孤独的，一个人一个世界，别人是那么许多人一个世界：别人牵着他走，叫他去遍游每个悲惨不幸的境界。一切都这么不情。他气促起来。他要毁灭全世界。

脸子涂上苍黄的颜色，他那张厚嘴也翻成了死白。红着眼睛，他嘶声叫起来：

“勇嫂，来！”

对着勇嫂那张像肿胀一样的脸，他咀咒世界上言语的的不完备：他想不出一个字。

老半天，他喷着吐沫，不联续地咆哮一些话。

“娘卖pi！……好，你们都做我！……你们都打通好了的……邱七这家伙好，你们……你们！……什么进纱厂……你们惟恐老子不死！……”

勇嫂反抗地叫着：

“Khurkurkhur！”

“什么！”梅轩老先生像懂得她的意思似地，额上青筋突出分把高。“来！你告诉我，这主意是不是你自己打的！……”

“我自己打的！”

“好，你去你去！……我死好了：你们都打通好了的……你们惟恐我不死！……你们……好，你去过你们的好日子，我……”

梅轩老先生投射似地往房门口跑。

老太太全身发一阵软。她预感到有桩极不幸的事许要发生，而她自己正是造成这不幸事件的一个——经她丈夫瀑布似地发了怨言，就真觉得她自己和勇嫂和那个什么姓邱的是打做一块在捉弄她的老先生了。不容她有时间去思想，她就自承是她丈夫命运中的罪人。她没站起来：似乎没这勇气、她只瞧着梅轩向房门口冲去，一面让心头空虚着，仿佛预备要把眼前就要发生的悲剧填进去。

可是放心：没什么意外，她丈夫就又从门口很快地折了回来。

他不知道要怎样才好，他觉得有许多话，可是无从说起。有个悲剧就得出演，他这悲剧和老太太感到的当然不同。他感到宇宙都会消灭的样子。可是他得挣扎。

第二次从房门口折回来，他就站住了。

“勇嫂，来！你告诉我你究竟是真的还是假的。”

不答。

他舐一下嘴唇：因为那上面有了许多吐沫。

“来，告诉我，我……你说，你怎么出了这个古怪主意的，你说！……”

“什么古怪！”勇嫂咕噜着。接着炸药似地爆出一大声咳嗽。接着嘎一声，把痰吞了下肚。

梅轩老先生没听见似地独白着：

“世代书宦，干纱厂！……你要学下流你去学，你不能扫老子的面子！……我何以对先人于地下，”对着老太太，“我何以对朋友，对同乡！……我还能做人么，我……我……”

“哼，儿子偏生叫他当兵，”隔壁房里低声地。

这位老先生一拳打到桌上。

“什么，你说什么？……你再讲一句话看！……你女人，你……：晓得个屁！……当兵是老子故意磨练他……老子的家教！……我磨练他……磨练……”

“什么目莲目莲……”

“我走！娘卖 pi，让你们！”

四

一口气跑出大门，一直往前走。奔了这么十来丈路，他可懊悔起来：这么冲出来算什么呢？……可是他太太定得追出来的，也许还得惊动一些邻居来劝他回去。一听见后面脚步响，他就——

“是她！”

可是他应该走快点，使她们赶不上。

后面脚步加紧地赶着。他感到种胜利的快乐。他走得更快。

可是后面短促的步子追上了他。

像竞赛步行似地，他当然更那个：差不多是跑了。他不侧过脸去瞧那与赛者。

“来了，来了！”他几乎失声笑起来。

可是……可是……那短促的脚步跟他并着走了，再一秒钟，那短促的脚步走到了他前面。别人还是急忙地尽走着，脑袋没有偏一偏瞧瞧什么地方，一直对着前面走，而且……

“娘卖 pi！”

梅轩老先生自己也不知怎么个冲动从肚子里骂着。……

我的意思是想要说，他的太太或邻居没来追他。这位跟他竞走的只是个路人，矮小个儿，背微微有点驼，仿佛有点像一寸五分丁先生。

"娘卖pi!"第二次骂。

他放慢步子。他老带着仿佛是期望的心情回头瞧。

"老子不回家了……听他们去，看他们怎样活法！……娘卖……"

走了什么半里多路，他感到疲倦。他想他不该出来。

马上就回去，还是?

可是总有点那个。

结果回是回去了，不过很迟。一直到第二天他不开一句口。五点钟从"衙门"里回家，他几乎不敢进房：怕勇嫂已经逃了。

"梁先生下衙门了?"房东太太招呼着。她脸上堆着奇怪的笑容。

梅轩用了打太极拳的姿势走进了房。

"勇嫂呢?"

老太太用下巴指指隔壁。

"还好，"他透口气。

"什么?"

"没什么!"

可是心头还沉重着：仿佛祸事总得来到的，虽然不知道日子。据他推测，勇嫂这种主意定是个什么坏蛋给她打的——譬如白骏，邱七，或者甚至于是卫复圭，是李益泰，也许是白慕易都说不定：总之是这些坏蛋。他想像得到勇嫂怎么跟那类家伙调笑，一面嘻嘻哈哈一面咳嗽。那类坏蛋怎么在她酱油色的脸上起劲地嗅着，轻轻地咬几口。她那用刨花胶着的头发怎么散乱着，额前崭齐的浏海准是一根根竖了起来——给刨花胶着，头发都相当地硬的。……他甚至于想到……不过这有点猥亵，不说出来也得，因为他想像到了脱去一切衣裳的勇嫂。……那棱形的腿……

梅轩老先生想着想着腰疼起来。

接着又想到……

“娼妇!”他喃喃地不给谁听见。“梁家里第二个娼妇!”

第二个?

他自己是那么说的。至于第一个是谁，我想不必花时间去考了。

“我想我已经到了绝境了，水尽山穷的时候了。……裁员……你看裁了之后还有什么办法！……做了一世的牛马，如今还要受儿子媳妇的逼。……你平素对他们太姑息……”

老太太不言语：梅轩老先生叹气的时候她老是沉默着的。

隔壁汽炉子发怒地叫着。勇嫂故意似地用了很重的手脚放锅子放碗：每这么着发出一声沉着的响声，梅轩老先生的心脏就似乎给打了一下。

他拿一双发红的眼瞧着通隔壁房的门。

“勇嫂，”老太太压低了嗓子，像怕她丈夫听见似的，“勇嫂，勇嫂。”

“Khur……唔？”

“你就轻些罢。”

“听她去！”梅轩老先生叫着。“她不打碎几个碗心里总不痛快的。”

晚饭的时候他瞧到她的眼里：想看出那里面可有没有淫荡。勇嫂老把眼睛钉着自己的饭碗。

“她不敢看我，”他想。“她不敢……可见得一定有什么……”

一个男子突然踏进房里来！

梅轩老先生打了个寒噤，马上侧过那张挛痉似的脸来瞧那男子。这举动很快，使人疑心他脸子划过空气的时候发了“沙”的一声响。

那男子取了他那博士帽对一双老人鞠个躬，又把帽嵌到后脑勺上。

“他公然敢来，”被敬礼的老先生想，“吓，他公然敢来！”

老先生瞧瞧勇嫂又瞧瞧那男子。

老太太也这么着瞧了一遍，还瞧瞧他丈夫：他的心理她全明白。

“吃了饭没？”老太太问。

“早吃过了，”那男子笑着就坐下来：真糟糕，坐在梅轩老先生的背面，也正是跟勇嫂面对面的椅子上。博士帽映在板壁上成个可怕的大圆脑袋。

“从哪里来?”梅轩老先生绷着的脸回了过来，就连身子也侧着了。没留神把碗里的饭粒掉子几颗在地下，他干快检起来塞到嘴里。

“从屋里来，”那个保持着他的笑。“我的事情快要成功。……唵呀，再不成那真没有生路。……”

“什么成功?!”

“昨天……”

于是叙述着，他跟白骏去找了好几次云处长，到昨天云处长问他会不会写小揩。

“……‘会写。’……就叫我写一张试试看好不好。写的是……写的是……是什么‘天下’……”

“什么‘天下’?”轻篾的问。

“唔，是的，是……”红着脸说，“是‘天下为’什么。……”

“天下为公?”

“唵，对了：‘天下为公’。……后来……”

后来云处长说，“行。”大概要叫他干个抄字的官儿。

“不过不晓得有几个花边一个月。要是不够用，那又糟了心。”

“有没有到差?”梅轩老先生衔了一口饭，含含糊糊说。

“还没有下委，”那个声音带颤。“大概明后天吧。不过……”拼命镇静着，“不过说不定会变卦。”

“那不晓得。”

老太太插进来：

“有个差使总是好的，不然真是！……你这一次再不要嫌大嫌小的了，闲下来才真要命哩。……要是钱多还是留几个钱的好。……家里大概也是等着要钱用了吧。……”

“家里倒……唔，信是写过好多次数了。”

梅轩老先生不言语，眼睛更红，脸部的青筋突得比先高，喘着气。他感到更难受：隐隐觉得他所仅有的一些东西已经给白慕易夺了去。他梁梅轩是真正走到了绝境。

“完了!”他在心底里叫着。“……真古怪，这种不学无能的家伙也要当录事!”

也许这是个梦：这梦可真不高明。可是他希望这仅仅是个梦——一个长长的梦。这梦什么时候做起的？三年以前，恐怕是。不，是他青年时期做起的，还是住在故乡，还没有破产，他睡在挂保险灯的房里：事实上他没有老去，也没这一切糟透了的厄运。要是一个呵欠醒来，他还是那么年青强壮，是个前途无量的英雄。太太也正是新娘子，丰满，漂亮。这一觉醒了之后，他真得好好地做人了，将来别人就得把他的事迹光荣地写在历史上面，使后代人知道他这位伟大的人物。……

快点醒来罢，这个鸟梦他真做得厌了。……

“只不晓得那个写字差使有几个花边一个月，”白慕易说。

梅轩老先生亲切地听见了这句话。他亲切地瞧见了亲切的一切：老太太脸上的皱纹和头顶上漆似的黑墨，不大亮的灯，厄运，饭菜，淫荡的勇嫂，贫穷，被裁的恐怖，衰老，白慕易的博士帽。

于是梅轩老先生的鼻发了一阵酸，他把眼垂下瞧着他手里的饭碗，老半天不抬起来。

沉默。

白慕易心跳着，想要说几句话，可是想不出题目。他很愿意谈自己的事，但极力抵制住：怕别人瞧出他的高兴。过了什么十多分钟。他不大顺嘴地说：

“你老常看见刘……刘秘……”

梅轩老先生突然问：

“邱七抓去了，是不是?”

“没有。听哪个说的？昨天夜里我还看见他的。”

“哼，真怪!”

梅轩老先生只吃了一碗饭。他吃起饭来虽然不大细嚼可是吃得很慢。一扒空了碗，就把筷子带着扔的姿势放下。一根筷子滚到了勇嫂那边，老太太就瞧了他一眼。那一根滚到桌子边，于是劈的一声掉在地上。平素他吃到最后一碗的时候总得把碗里的饭粒扒干净，一颗也不剩的，可是这回他不。碗底里还留着十来颗，像地板上的水烟疤。

勇嫂只顾着把几个空饭碗叠起来，不去检起地上的筷子：梅轩老先生有点气，可是不好意思说。他认为是勇嫂瞧他不起。他用了很大的劲把地上的那根筷子一踢，它就怪可怜地逃到靠墙的椅子下去了。

那个带博士帽的人瞧出他的五舅有点异样。他懊悔他不该来。

“真是古怪，”梅轩老先生咕噜着，“叫人家写字给他看：他会看个屁！……偏生不怕肉麻，这忘八野种子，娘卖pi的！……”

“哪个？”白慕易吃惊地问。眼睛可没对着他五舅：只对着勇嫂，瞧着她一面咳一面拿碗盏到隔壁房去。

“云士刚！”五舅答。瞧瞧勇嫂，又深深地钉了他外甥一眼。

白慕易感觉到——只是感觉到——那老头儿钉了自己一眼，他震了一下。过会他漫不经意地：

“云处长不会看字么？”

“看字！”那个嘴唇两角往下弯。“他晓得个屁：他猫屁不通。……那小子今天居然……也不过小人得志。……老子看他长大的，老子向来晓得这野种子没出息。……居然处长，这世界！……这小子也居然处长，这世界还有什么……什么……你看看！……”

“我也听见讲云处长不通，他……”不安地说。

“那当然。那当然。那……娘卖……”

隔壁勇嫂爆出一大批的咳声，把一切的声音都盖住了。

梅轩老先生讨厌地皱皱眉，等别人咳完了再说话。可是不大有希望：别人一个劲儿尽咳着。梅轩老先生只得做点别的事：拿小指去剔牙缝，把剔出的一些东西弹到地上。这么着干了三五分钟，他掏出两支烟，给白慕易一支：上面沾了他小指上的唾沫有一块湿的。

白慕易站起来找火柴不着。

老太太想要勇嫂拿火柴来，叫着：

“勇嫂，勇嫂。……勇嫂！……”

可是这种叫喊埋在咳声里面了。

“我去，”白慕易往隔壁房里走。

这位老先生觉得自己给摔到了一个深坑里。他很快地用种急促的低音对老太太：

“去看看，去看看！”

那个慌张着脸，有点麻木。……

“娘卖 pi！”

他咕噜着骂一句，颠着脚尖走到床边，爬上床，拣个宽点的板壁缝去偷瞧着隔壁房——

勇嫂。白慕易。

只有他俩。……

可是并没瞧出什么道理。那男的擦了根火柴点着烟。一句话不说。一句话不说，那男的带着火柴盒预备走到这边来。那女的专心在咳嗽，连瞧那男的一眼都似乎没有工夫。

“娘卖 pi！”

老先生嗓子里说了一句。他反而感到很失望似的。于是很快地蹶着回到原来的椅子上。

玫瑰与耳光

一

星期日一早，少校李益泰到王老八家里去。

天气渐渐热了起来，街上一些年青小伙子有些穿着白裤子。娘们儿脸上都红红的。

“大家都挂着一个证章，大家都有女人！”

他觉得应当是他的的一些东西，被别人夺去了。别人把所有的证章，所有的女人，都抓到了自己手里。他们也许还上夫子庙听听戏，喝喝酒。

“不过我的日子还没来。……三十五。……”

抿一抿嘴，吞了口唾沫。手拍一下军衣口袋——空空的。

“不知道王老八肯不肯相信我……”

别人应该相信他的，他要是做了别人，他定得相信李益泰这样的人。大人物谁没过过穷日子？大人物谁不是到后来才发迹？譬如王老八现在要常肯接济他几个，请他喝几回，他将来好日子一来，王老八可也有好处：他李益泰并不是忘恩负义的人。

他扬着眉，挺起胸脯。一走过一个女人，他就深深吸口气，把些粉香吸进肺里去。

"他们对我……"

别人究竟对他相信不相信？……二姨丈骂了他一顿。白骏那里吵过了嘴。章筱庵那家伙说他荒唐。……他觉得路愈走愈仄了。别人全不懂得他！

"妈妈的！老子总有一天要遇到个知己！"

他两个手插到裤袋去，裤袋里似乎有点潮湿，叫他两只手不大好受，于是又抽了出来。他的好日子什么时候来？他得等机会：一到了那天他就得好好去干一下，拿出几手给人瞧瞧。可是……

可是对面走来一个二十来岁的女学生，跟他肩膀碰肩膀擦了一下，她瞧了他一眼。

李益泰脸一热，赶紧——不过这两个字还不够形容他的快——抿一抿嘴。可是那女学生已经走了过去。

"他看我一眼！"

站住瞧着她的背影：短短的头发，平平的肩膀，粗粗的腿肚子。

"太胖！"他想。他爱瘦子。可是这个胖得不讨厌，妈妈糊糊行了：做人不能太苛刻。

他想一下子跳过去，一把抱住她。她也许会对他笑，也许会闭着眼睛：这是表示她爱他。……

又摸摸口袋，就慢慢地走着。他叹口气，要是这个女人倚在他旁边，他们谈着笑着，买糖吃，上酒店喝酒……

口袋里是空的！他埋怨着：

“男的女的同上馆子，总是要男的出钱!”

女人要是懂得他准会爱他：现在不嫌他穷，熬几天苦日子，就得有福享的，到那时候——

“我准不讨姨太太，我专心爱着她……”

他回头瞧那个女学生——不见了。干么她要瞧他李益泰一眼？也许有缘哩。那家伙或者是个有钱的，说不定还爱喝酒：同上馆子，她会账。

“我不要她会账：男的叫女的请，可不像样。”

他于是加快了步子。他觉得这是好兆头：王老八准会借钱给他。使劲抿着嘴，抿得嘴角发酸。

“王老八也许是个好人。”

到了王老八家的时候额上流着许多汗。可是王老八不在家。

“俊夫不在家哩，”王太太笑着。

“上哪里去了？”

“到白家去了：白家今天请客。”

“唔……”

他妈的白骏请客没请他。他瞧着王太太，她一直笑着。

“李先生坐坐吧。”

“不坐了。我找俊夫有事。”

走了几步，回头一下——大门里还瞧得见王太太的背影。

李益泰断定这王太太是个淫妇。她对他用手段。可是他李益泰看不中她。

“口那么大！”

想着就他走得更快，他怕王太太追上来。

暖暖的风吹到身上，他腿子发软。

到白骏家去么？王老八就偏偏在白骏那里！白骏现在阔了，搬在一个洋房里：他倒走运。于是李益泰感到自己的路又狭了一点，而且也更难走，仿佛这条路上满是胶水，走一步，黏一下脚。

“白骏凭什么本事当股长？……王老八这家伙……”

可是他得到白骏家里去找王老八。

可是他不赌过咒不到白骏家去的么，再去的就是……

可是……

“再去一回把倒没什么大了不起。并且也得去看看我有没有信。”

忽然他想起一件事：白骏请客，王老八也不用这么早跑去呀。他想看看现在几点钟，向每家店里看看。都没有钟，只有一家纸店的，短针在一点上面。

“王老八准是睡在白家，跟白骏的媳妇儿那个！”

一走进白骏家，李益泰就注意地察看着白骏太太和王老八。

白骏太太正在叫她的陈妈。他们用了个老妈子，只要老妈子不在房里，她就得大声地叫，四邻都听得见。

“陈妈！陈妈！”

把许多事支配给陈妈之后，白太太才微笑着和李益泰招呼。

“怎么老不来了？”

白骏满不在乎地说：

“他生我们的气呀。”

“那不是，”李益泰分辩着。“我这几天真忙，什么朋友家里也没工夫去。……女人多半不知道男子的苦处，我这么忙着，今天遇到一个家伙她还老缠着我。……真是！……老卫，”他用手拍卫复圭，“你研究过没有，啊？——女人干么不管男子忙不忙，只是一个劲儿地……”

大家一个劲儿没理会他，他就把嘴抿住了。

白骏太太在等着机会说话，她于是诉说起用下人怎样困难：工钱愈来愈贵，老妈子十有十个爱赚点东家的钱，不懂话，老些的做不动，年青的不规矩，等等，把这些话详细地告诉她的宾客。

“老妈子总没有不揩油的，”她笑着加了一句。

白骏说：

“买办买办，不赚是忘八蛋。”

这两句押韵的话她听她丈夫说过好几次，因此他还没说到“蛋”字她就尽量地笑起来。

“要是我就，哼！”李益泰扬扬眉毛。“你们太放宽了是不行的。我有个听差的，他……”

王老八忽然笑出声音来。

“你的听差几个铜子一年，你给他？”

“八块钱一个月！”

白慕易很内行地插进嘴来：

“啊呀，八块！好贵！”

“是啊，八块，”李益泰镇静地。“火食还吃我的哩。……他还赚我的钱，又偷东西。……现在是撤了他的差了，不然真是讨厌。……他简直要我伺候他，不然的话……这是五加皮酒么！”

他指指柜子里的宝藏。

白慕易取了博士帽搔一下头，瞧着那一对主人。白骏太太和白骏眼对眼钉了一下，白骏就在脸上摸了几摸，板着脸说：

“你在这里吃中饭罢。”

李益泰活泼起来。他说了一个自己的恋爱故事，接着又说有人叫他到北京去，那儿有个什么局叫他去负责，不过去不去还没决定。

“那个局子没什么了不起的出息。王老八，你赞不赞成我去？”

“我赞成你去，你去了给我弄个差使罢。”

“别开玩笑……”

过会儿他严肃地：

“我要是去，我总得给你弄个挂名的差使：朋友这点点总得帮忙的，也应该的，对不对。”

过会儿他又吸足一口气：

“不错，老八，我跟你说句话。”

王老八惊了一惊，跟他到门外。

“王老八你有钱没？”

“钱？”

“唔。我想问你借十来块钱。我有是有一笔钱——昨天刘司长怕我要钱用，开了一个一百块的支票，可是今天星期，银行不开门。我不瞒你说，我一个铜子都没有了，想问你借十来块钱，明天钱一取来就还，并且……”

“我连十毛钱都没有。我还想问老白借哩。你怎么不问老白借？”

“我跟他够不上这交情。……十块没有，五块行不行？”

“我说的呀：连十毛都没有。”

“哼，”李益泰想。“王老八也是个坏蛋！……可是他老婆偷人，哼，他还那么起劲！”

二

下午三点钟，李益泰和卫复圭走出白家。

“我可以跟你同走一段路，”李益泰说，有点走不稳。

卫复圭把眼镜架高一点，又掏出一块手绢掩住鼻子。

“老卫，你有钱没有？”——酒气直冲。

“没有。要等发薪水才有。”

“几块零碎钱总有吧。我想……你知道我这几天穷极了，我……我……老卫你借给我两三块行不行？”

“两三块没有。我身上只有几毛钱。”

“几毛钱也行。我只是……”

“六毛够不够？”

李益泰伸手接了那六毛钱。他想这六毛钱里面说不定有铅的，最好是敲敲看。可是这于老卫面子下不去。

“老卫你懂得我的苦衷，别人都不懂得。……一个人要找个知己真可不容易。……我在这里有那么多熟人，可是懂得我的只有你。……”

那个不言语，眼睛望着前面。

“老卫你看我这主张好不好，我觉得……我这么着：

男的里面找一个知己，女的里面也找一个知己。女的里面我已经有了半个知己，她是在中央大学念书的：真奇怪，她倒怪看得起我，老卫你说奇不奇怪，像我……”

前面走来两个女人，李益泰就把说话的嘴拼命抿着。那两个女人一走近，李益泰忽然叫了起来：

“嗷！”

“做什么？”卫复圭吓了一跳。

“没什么。我是打噎。……嗷！”

过一会李益泰微笑。

“你知道王老八……嗷！知道王老八么？……”

那个瞧他一眼，表示：“王老八怎样？”

“哼，”李益泰两个嘴角往下弯。“白骏的老婆……嗷！……王老八跟他嗷！……你嗷！……没看出来么，嗷？……他们……”

“我不知道，”那个对这不大有兴味。

“其实……嗷！王老八的媳……嗷！王太太也偷人……偷了一个嗷！……嗷！……你知道么？……”

卫复圭摇头。李益泰装了付鬼脸：

“我还是不说了罢，嗷！嗷！说起来……嗷！……太没意思。……王太太对我嗷！……其实我……嗷！……打噎真讨厌！……”

“忍一下就会好的。”

“我忍……嗷！……”

停了一会，忍住他的噎，一口气往下说：

“王太太虽然对我有点……可是我并没有……嗽!!! ……我对她不起，没有法子，嗽！没有……”

“我要转湾了，”卫复圭吐了口唾沫。

“那明天会。六毛钱……嗽！……明天还……”

他们分了手。

李益泰一个人在街上走。他老瞧见王老八太太的笑容。她只是口大了一点。

他身上出了汗。他慢慢走着，瞧着那些店家，在一家百货公司门口停了步。这家百货公司的玻璃柜里陈设着一间精致的卧室：铜床，两个枕头，两双绣花拖鞋，圆桌，桌上还有两瓶什么外国酒。此外还有一架话匣子。还挂着一幅外国画，画着一个光屁股的洋女人。……他叹口气。

“干么装着这寒酸样子？”他想到了他自己的身分。

于是又拖起了步子。走不到几步，他回头对那玻璃柜偷看一眼。他忽然心跳起来：他想把这大玻璃打碎，把那桌子踢翻，去睡到那张床上，喝着那些外国酒。……

“嗽！”他说。咽了口唾沫。

要是睡在那铜床上，定要有个女人。谁呢？——上半天那个女学生，白骏太太，梁梅轩的儿媳，王老八的太太……

王太太又在他面前现着笑容。

“这淫妇!”

李益泰站了什么两三分钟，就很快地走了起来。他觉得街道在打旋，街旁的店家像在雾里。他的脑袋感到很重，身子似乎支不住它，老要往两边倒。

“不要紧，”他咕噜着，“啾!我不去可对不起她。……”

“她”是谁？“她”是王太太。李益泰就一直到了王老八家。

“俊夫还没回哩，”王太太又拿出了笑容。“他怕在白家看牌。”

李益泰尽瞧着她。

“请坐会儿罢，”她说。

他进了房。他忘了抿嘴，忘了扬眉。他喘着气，全身发着热，眼红着。他尽瞧着她。

王太太大概是去泡茶，走出房去。

突然——李益泰跳过去，一把抓住王太太的手。

“我……我……我……”他颤声说，“我爱你，啾!”

“李先生！……”

她要脱身，可是给抱住了。

“我爱你……啾！……我知道你爱我，你……啾！……我不来对……啾！……对不起你……”

李益泰拼命在她颊上嗅着，吻着，用舌子舐着：把她弄得满脸都是唾沫。

女的挣扎着，叫着。

“放手！放手！……混蛋！……流氓！……”

“我爱你！……”他拨出一只手来想扯下她的衣裳。“别……瞅！……别怕！……我知道你爱我……”

可是她狂叫着。

外面来了人！

他听见脚步响，赶快放了手，冲出房门。……

“他妈妈的！他妈妈的！”他咕噜着。

脑袋发胀，眼睛瞧不见东西，他不知道他冲房门的时候究竟有没人拦住他。他全身还软软的，手脚还打着战。他一直跑回李三的住处。

“到底怎么回事啊？”他对自己说。

怎么办呢？王老八见了他会……

一连两三天躲在这不见阳光的小屋子里。他拿起那面洋钱大小的圆镜一照，他瞧见自己憔悴了许多。

“外面怎样谈我呢？”

他可不能老呆在屋子里：他的信都在白骏家里转，白骏家就非去不可的。

于是他到白骏家里去了一次。

“还好，没遇着王老八。”

可是他能一辈子不遇着王老八么？他想最好马上离开这儿，永远不回来。他又想早点遇着王老八：反正总得要渡过这么个难关的，不如快点过去，免得老耽着心。他打了个寒噤。

“早点遇见他罢。”——虽然这么望着，可一到白骏家就非常害怕。“别来罢，别来罢。”坐不到一会儿就得走。一回住处又埋怨自己：

“干么不等等他，也许他会来：不能一辈子不遇着他呀。”

终于到了这么一天——在白骏家里遇见了王老八！

“李益泰！你这个忘八羔子！……老子找了你十来天……你那天……”

白骏夫妇不明白是怎么回事。

“什么事，什么事？”

白慕易张大了嘴，眼钉着他们。这里一定要插说一句：白慕易现在身上多了一件东西了：是什么？——一块证章。

王老八嗄声叫：

“什么事，你们问他自己！”

“我……我……”李益泰说，“我做了什么？我……”

“你这混蛋！”——劈！给了李益泰一个嘴巴，李益泰左颊上发了红色。

“你打人！？”

“打你！……打死你这兔崽子！”——劈！劈劈！

李益泰咆哮着：

“你敢打！你再打打看！”

劈！劈劈！——王老八的手掌只是往李益泰腮巴上送。

李益泰退了几步，两手抓着拳——可没伸出来。

“操你妈妈，你真的打!?”

“真打！打了你再送你到宪兵司令部去！”王老八上前几步，又劈了他几下。

白慕易可着了慌：

“糟了心，糟了心！打起架来了！我操得你屋里娘，打起架来了！”

把博士帽向床上一摔，跟白骏夫妇上前拖开他们。

“有话可以说的，有话可以说的，”白骏拉长着脸。

“没什么说的！”王老八把唾沫星子喷到了三个排解人的脸上。“这家伙太无耻！……我定得拖他到宪兵司令部去！”

推开了他们，冲过去又是一个嘴巴。

李益泰两颊成了紫色。他两个拳头垂着，一直没伸出来。

“你敢打人！……你再打我不饶你！……”

王老八的拳头在他肩上来了怪重的一下——要不是白骏扶着就得摔倒了。

“你再打！你再打！我送给你打！……我跟你拼命！”

“宪兵司令部去!”王老八一把扭住李益泰的军衣。

“究竟什么事啊?”白太太急促地说。“究竟什么事啊?”

他们使劲把王老八拖开，把王老八抐到一张椅子上。

“不行！我非拖他到宪兵司令部去不可!”

“什么天大的事也说得明白的呀,”白骏说。“究竟什么事，无缘无故地打了起来，王老八?”

白太太出了个主意：要是李益泰得罪了他，可以叫他陪个罪，大家是朋友，闹开去谁也不好看。她说着瞧了李益泰一眼：李益泰两手捧着脸。

王老八吃了一惊地想：

“他们知道了这回事么?”

不见得。不过这种话常从调人的嘴说出来的，也还不过是调解。真的，闹出去大家面子不好看，尤其是他王老八——怎么，这是他王老八的女人的事啊。

李益泰手脚都发冷，老颤着。一到宪兵司令部，他得坐点儿牢：冒充军人，强奸良家妇女。……白太太说了那些调解的话他才轻松了些。他从手指缝里偷看王老八的脸。

“有什么了不起的事呢?”白太太又说，一面想：“我要不要笑呢?”

白骏抽了一口气：

“老李要是有对你不起的地方就叫赔个不是就好了。

不然第一，闹出去不好看。第二……第二……”

王老八把脑袋一仰。

“好，看你们的面，我不多计较。这姓李的得对我赔罪：叫他对我磕个头。”

李益泰小声哼着说：

“磕头可不行。”

他希望这两个姓白的和一个女的听见这句话，但不希望王老八听见。可是正相反——王老八跳了起来：

“这兔崽子不识抬举！老子看老白夫妇面上不计较，你可……咱们走！……”

一冲上去，王老八扭住李益泰的衣襟往外拖。李益泰挣扎，可是腿子是软的：他全身的重心就移到了头部——伏在王老八两个手上。像拖着一把扫帚，两只脚给拖在地上，腰和膝踝都临空弯着。

“老李，老李，”白骏慌着叫，“你就磕个头好了：自己朋友有什么要紧……”

怎么办呢，王老八疯了似地一个劲儿尽拖，要真拖去吃官司的话……

好在他李益泰的膝踝是屈着的，他就趁再一屈，把膝踝子贴到了地板上。

“好了好了，王老八，放手罢：他跪下来了。……”

他们扳开王老八的手。王老八把放了开来的两只手插着腰。

“磕头!”他咆哮着。

五成像磕头，五成像昏了过去，李益泰的头伏到了地板上。

“你说!”王老八叫。“那天可是你无耻?”

“是我错……我喝醉了酒……”

“今天饶了你这兔崽子! ……”

白骏去扶李益泰起来。

“起来罢，老李。”

李益泰想：

“怎么办呢?”——起不起来呢? 他能永远这么伏着，不把脸子抬起来么?

“离开这里罢,”他肚子里说。“做和尚去罢。自尽罢。……现在可怎么办呢?”

今天究竟遇着了王老八，天大事可过去了。可是他还伏着。

白慕易松了口气，瞧那伏在地板上的李益泰一眼，就去检起博士帽来带上——嵌上后脑勺。

“真糟了心，吓了我一大跳哩。”

两甥舅

一

单衣裳上了市。大家忙着预备过端午。有个穿自由布学生装的人在街上踱着，瞧瞧糖食店，瞧瞧广东店，他手插进衣袋，摸着他的皮夹子，踌躇了好一会。

“送什么东西好呢？”

他念着店门口的广告：

“美味粽子……价廉物美，送礼最宜……”

“听讲广东粽子要几十块钱一个哩，真糟了心！”

可是他记不起几十块钱一个的究竟是粽子还是月饼，他就取下他的博士帽搔搔头又带上。他在玻璃前面照见自己的影子：高高的颧骨突出狭脸上，胸脯上——一块证章！

“送礼最宜……”

许多男男女女在他身边插过。他瞧见玻璃里有个人冷眼看他一下。他身上一阵热，出了点汗，马上挺一挺胸脯走开。

为什么那个人要看他一眼?

“他是不是晓得我第一天穿洋服?……这件洋服不合身么?——做了五块六毛钱哩，真糟心!”

低着脑袋瞧着自己身上这学生装：从衣到裤脚，到鞋子——一双黑得放光的牛皮鞋。似乎没有什么不合身，不过胁子窝那里有点紧，脖子有点不好受——领子上那个铁丝扣子一搭上，就像被谁勒住了咽喉似的。

“不是不合式，”他对自己说。“我是第一次穿洋装，还没有穿惯。”

太阳正厉害，把柏油路晒得融化了，脚一踹上去就留下一个疤。他脑门上给日光熬出油来，不住地淌汗。后脑给博士帽遮住没晒着。

市钟短针在三点前面，长针在九字上。

“真糟了心!”他吓了一跳。“已经三点……一五，一十，十五，二十……三点二十五分了!”

得赶快回去：两点钟上办公厅。他得好好做事，守着办公时间，将来前途是……

“但是已经迟到了一点二十……一五，一十，十五……迟到一点二十五分!……真糟了心，我操得你屋里娘!……”

汗像瀑布似地直滚，他走得更快。

“我白慕易从来没有迟到过的。”——读者诸君，原来他就是我们亲爱的白慕易！我们几乎不认识他了。

白慕易想送刚舅舅一点端节礼的，还打不定主意送什么好，可已经三点……一五，一十……三点二十五分！

走过一家绸缎店，白慕易瞧瞧那家店里的挂钟——

一点正！

“咦，还早啊。”

十字路口那家书店里的钟是两点五分多。

白慕易的脚步又加快起来。

“签到簿一定收去了。”

他肋骨感到隐隐在疼。刚舅舅瞧着签到簿没有白慕易的名字准会不高兴的：

“假也不请，办公厅也不到，这样随随便便，做什么官！”

不过当面不会骂他的：刚舅舅是他的亲戚。不过刚舅舅以后也许就不相信他，不会给他升上去。……

白慕易把眼角上嘴边上皱纹都打了起来，右边肋骨更有点难受：走一步就疼一下。

他瞧瞧汽车，瞧瞧马车，都比他走得快。甚至于黄包车也比他快。希望有个……有个……那叫做什么呀，那个缚在腿上就走得快的——他听说书的说的，梁山上一位姓戴的用着这东西。要是洋货店里有这东西买，他当了当也得去买一个。……

射似地走到T字路口，向西转湾。

电线柱上一口市钟：他一瞧，差点儿没昏过去。——

一五，一十，十五，二十，二五，三十，三五，四十……五点四十五分！

"怎样弄的呀！"

一回到办公厅，汗不留情地淌：仿佛听得见流着的声音。可是还没摇铃：两点差一刻。

"我操得你屋里娘！"他对同事们说"我当是两点多了，拼命地跑。"

"迟点儿有什么关系，"赵科员笑一下，牙齿像屋檐似地挺出到了嘴外面。

"那总不好，"白慕易喘着，拿博士帽扇着。一面他极力装做很平常的样子。

现在白慕易和这些做官的都是同事，都是朋友。他天天和他们打在一起，一块玩，一块谈笑。他学到了许多事。有时他觉得很奇怪：他怎么一来到了这世界里的呀，不是做梦吧？官儿大的也没什么架子，并且还特别待他客气：他是刚舅舅的亲戚。他的日子究竟一天一天过得好起来了。对同事们说话的时候，他极力不把快活的样子漏出来。他觉得每个同事都怪可爱，仿佛他们是专为逗他喜悦而生的。他们的生活也非有他不可，因此他们无论谈什么，他白慕易总参加进去的。只有谈到做衣裳的时候他就不插进去，还远远地跑开。要是有谁跟他谈到夹袍单袍，他就变了色，咬着牙。

“这混账东西挖苦我！……”

上了床他老睡不着。

“那姓唐的晓得我那个事情么？……他怎么要同我谈夹袍子？……”

这是他一生的一个缺限，十辈子也补不起来的。

可是谈洋服的事他得参加的，李科员和赵科员谈着裤子的长短，他就插进嘴来：

“我是欢喜不长不短的，”这里他把腿子伸出来。“你看，这样正合式。”

“但是现在作兴长，”李科员瞧了白慕易一眼。

赵科员问李科员：

“你看我做什么颜色的好？”

“天气热了，该做浅点的。”

可是白慕易不同意：

“颜色深的才经污，你看，”他指指自己的学生装：青灰色的。

李科员仿佛没听见白慕易的。

“我有套法兰绒的定好了，明天试样，老赵你明天可以看看，也许你……”

“法兰绒的？”白慕易惊奇着脸嘴。

“唔。”

“哦？那我倒要看看，”他把博士帽取下来。“明天试样的时候你也通知我一声，我倒要看看。”

李科员试样的时候白慕易说了他的许多意见：裢子太长，裤脚也太大，袖子太小。最后问：

“多少钱？”

“三十块。”

“三十块？”白慕易点点头。“不算贵。”

他把那件法兰绒的衣拿到他自己的学生装上面比一比，又点点头。

“唔，三十块不算贵。”

那个西装店里的裁缝瞧了白慕易一眼。

李科员和赵科员正在跟那裁缝说得起劲，白慕易又把李科员手里那条试样的裤子一把扯过来。

“就做单裤子了么？……唔，不过天气是热起来了。……唔，不过做夹的牢些。”

裁缝又瞧瞧白慕易，再瞧瞧李科员。李科员拍一下白慕易的肩。

“今年冬天想做套西装，裤子用棉的，老白你说好不好。”

“衣呢？”

“当然也是棉的。”

“我看顶好用丝棉。”

在办公厅里白慕易也常爱发发议论。

“穿洋服我是不喜欢打吊带的：吊带吊在颈子上，还要打个结，我不喜欢。我主张做这样的洋服，”他指指自己的学生装，“这种洋服是不要打吊带的。如今有许多做官的都穿这种洋服哩。”

有位办事员是白慕易的知己，姓毛，别人叫他海螺蛳，据说是因为他鼻子高的缘故，可是白慕易想不透为什么鼻子高就是海螺蛳。可是海螺蛳请白慕易看了一回电影，听过一次清唱之后，他们就很谈得来。海螺蛳和白骏也很要好，常到白骏家里去，也请白骏夫妇吃过几顿饭。海螺蛳爱谈电影，一谈起那些外国电影名星，他就说着洋文。

“Fanponk 的武艺真不错，但是演起爱情片子来，他不如 Yohan Gilpu。”

海螺蛳的履历上写着北大英文系毕业，怪不得他英文那么好哩。

白慕易非常想参加这样的谈话，可是他不懂那些洋鬼子的名字，真糟了心！

海螺蛳那科的人没有一个说英文像螺蛳那么好的，大家都高兴听他说，他们也有点懂，譬如他说 Fanponk，那当然就是“范朋克”：这倒还容易听懂的。

“我觉得火烧……火烧什么啊？”白慕易插嘴。“唔，我觉得这个还好。”

可是白骏说他不爱这类的片子。

“这种片子真不敢领教，第一，片子那样长，一集一集的演不完。第二……第二……”

“至于我是，根本不爱中国片子，”海螺蛳站了起来。“譬如 Janie Gaino 中国有这样的名星么。……呃，老赵，听说 Janie Gaino 嫁人了哩，她的 Huchbanden 是个商人。”

白慕易想：

“我一点不懂，真糟了心！”

他应当学点洋文。第二天他问海螺蛳：

“洋文字究竟是怎样个道理？一共有多少字？”

“二十六个。”

二十六个！那容易。《千字文》还有一千个字哩。

“那样容易么？”白慕易不大相信地。“二十六个字一学会，就能够讲洋话了么？”

海螺蛳搔搔头，楞了一会。

“二十六个字母是……是……”海螺蛳不顺嘴地说，“英文里面的字是字母拼起来的，好像……好像……譬如中国字是一撇，一横，一直，或者一点，或者一勾，这些笔划凑成字的，二十六个字母好像是这些一点，一横，一撇……”

“哦——”白慕易这可完全明白了。“哦——”他点点头。“那么你倒讲讲看，譬如爱比西地里面那个‘爱’——那在我们那地方是念‘偎’啰，这个‘偎’，你倒说说看：是一横呢，是一撇呢，还是一点？……”

那个瞪着眼摸不着头脑：

“什么？我不懂你的意思。”

“我是问那个‘爱’——就是‘偎’，是什么东西。如果‘爱’就是一横，‘比’是一直，那么‘爱比’——这是下江话，我们是‘偎皮’，那么这‘偎皮’就是七八九十的‘十’字。……你只要告诉我这二十……二十几个啊？”

“二十六。”

“二十六。你只要告诉我这二十六个字母是二十六笔什么笔划，不就我懂了么？……”

海螺蛳又搔着头皮。他说不出。

“你不是洋文大家么？”白慕易有点瞧他不起。

可是白慕易究竟跟海螺蛳学会了二十六个字。和同事们上夫子庙，走过大街的时候他总念电灯广告上的洋文：

“爱勒，伊，渥，恩。哼，那个‘渥’字写歪了。……爱勒，阿呃，鸡，爱区，梯。‘鸡’也是个歪的。”

二

端午晚上，白慕易和白骏夫妇从刚舅舅家出来。

白慕易试探地说：

“我送刚舅舅的人情，不晓得刚舅舅喜不喜欢这几样东西。这节礼太不成样子，我简直不好意思拿出手来。”

他们走到了路灯跟前，白骏太太就赶紧微笑着。

“送礼是人情，”她自言自语似地答，“多多少少倒不在乎。”

白慕易有一肚子话要说：第一个想要问，刚舅舅可喜欢他，可是这些话似乎还是不说出来的好。他打算告诉他们他学会了许多事：会了洋文，小楷也比前进步，公文程式也弄明白了。他办事又非常努力。学问，勤劳，人力：他三件全有。说不定下个月就得升做办事员。然后科员。然后……

他心跳起来。他恨不得白骏拥抱一下，恨不得狂跳着狂跑着，嘴里叫几句，还迸出大笑。这还不够：他还得……还得……还得怎么着？不知道：他不知道要怎样才好。近来这整个世界都鲜明起来，什么都是怪可爱的样子。在这世界里他已经站稳了一个地方：和他站在一起的个个都是上等人。他可比他们还那个点：他会升上去。

他瞧白骏一眼。他忍不住要说话。

“四哥，我劝你也学点洋文。”

那个一笑。

“八十岁学吹鼓手，我不来。并且第一，我生性不合，第二……第二……”

过会白慕易忽然想起李益泰。

“这几天不看见李益泰，不晓得他……”

“大概是没面子见熟人，”白太太笑着。

白骏自言自语地：

“不晓得究竟为了什么事。”

白慕易吐口唾沫，带五成鼻音说：

“这种人真糟心！”

他记得他还对李益泰恭敬过，那完全因为李益泰对他吹了许多牛，他真觉得这位少校是怪伟大的。这简直是给他白慕易一种侮辱：他生怕别人提起那些事——“怎么你从前还相信他！”现在一想起李益泰那天当着许人丢面子，他就感到非常痛快，并且觉得王老八是个英雄——代替他报了仇。

“这种人还是上吊的好，”他说。

停停又：

“王老八到不错，唔？……他今天不晓得在哪里过端午。……”

白骏想起了一件事。

“不错，你今天应该到你五舅舅那里去一下的。”

白慕易感到给人窝心打了一拳。

“他那里……他……我懒得去。”

“究竟是你的舅舅。你应该去拜一下节的。”

“他哪里像个舅舅！他……他……”

顿了会儿他又补足这句话：

“所以我今天只到刚舅舅家里去过节。”

白骏太太用鼻孔笑一声——很艰听出这是冷笑还是别种的笑：

“你不愿意去倒还不要紧，只怕你五舅舅疑心你是听了我们什么话哩。”

那个把脸上的皱纹全深深地打了起来，肚子里在冒火。他想：

“我操得你屋里娘，怎么我偏有这样个舅舅！真糟了心！”

白骏把说过的话重复了一遍：

“还是去一下罢：第一，他是你的真舅舅，第二……第二……”

我操得你屋里娘，“真舅舅”！舅舅有真假么！

白慕易叹口气。

“唔，就去一趟罢。”

“况且他现在又没差使……他那事情裁掉了吧？”

“唔。”

“所以你更应该去看看他：第一，免得人家说你那个……说你……第二呢……”

前面走过来的路人把白慕易撞了一下：白慕易落了后。白慕易马上赶上去，和白骏肩靠肩。

“这都是他自己弄坏的!”白慕易发脾气似地。“他脾气那样坏，待人也不好。……他工作也不努力。他本来还想升办事员哩，不努力怎么行!……自然裁掉!……真糟了心，这种人!……”

那两个不言语。白骏不知道为什么老绷着脸。白太太的笑容一直没收下。白慕易把他俩的脸瞧了一眼，又往下说:

“他有许多事真是奇怪。……他用钱不好好地用，等到没有钱的时候，”这里他放低声音，“一到没钱用，连小褂袴都当掉。……”

于是他自己笑了起来。

“真是!”白骏皱着眉毛微笑一下。“这种人也可怜。他究竟怎样会那么……?”

白太太就轻轻叹口气——轻是轻，不过别人听得见的。

白慕易也叹口气。

“他裁的时候拿到了五块几毛钱，我那天去，他们已经用完了。……他问我借钱，真糟心，我有什么钱!……他有了钱也是去吃酒。……他如今连夹袍子也当了，那件夹袍子当了三毛多钱。……”

接着又说着他五舅舅年青时期那些不近人情的事:和太太打架，烧衣裳，秀才考不上——

“人家都喊他童什么，童……童……童什么啊?”

他一面努力去想他五舅舅待他怎么坏，这样他现在的说五舅舅就不是不应当的了。五舅舅老说起他从前学手艺的事，五舅舅叫刘培本给他找个传令下士的位子：这么侮辱着他。……

“你晓得，他一生一世没有一桩事情成就了的。考秀才考不取。外公家里的产业都败在他手里。做官也没有成就，一天到晚不努力，还要吃酒，还要到夫子庙去听戏——一去就把五舅妈，勇嫂，都带了去。他又……”

“老白！”有谁叫他。很熟的嗓音。

一回头——是那位沈上士。

“糟了心！”他咕噜着。

他对沈上士冷冷地点一点头，脚步子没停。

“到哪里去？”沈上士可还那么亲热。

糟了心，他只得站住和他谈天。

“四哥，你们先走一步，我同这个……”不知道说“这个朋友”好，还是说“这个家伙”好，他就攒一攒嘴，“同他稍为讲几句。”

沈上士一把拉住白慕易的手。

“长久不见了。你现在在什么地方啊？”

白慕易挺一挺胸，叫别人瞧见他的证章。

“我的舅舅一定要我替他帮忙，我只好随便做些……我的舅舅是云处长，他现在……”

“我们大家都想你哩。怎么不来玩玩？忘了我们了么?”

“我事情忙得很,”白慕易板着脸,微仰着头。

沈上士把抓住他的手放松。笑了一下,想要说什么,可又不说。

“我还有很多事,”白慕易轻轻点一点头,掉过身子走开。

“真糟心,”他恨恨地想,“偏生遇见他!……路上的人看见了一定要奇怪哩,我操得你屋里娘!”

那家伙一点不知道规矩!……路上的人也许得笑他:怎么一个做官的有这么一个朋友!

他四面瞧了一眼,红着脸赶上白骏夫妇。

“真讨厌!不晓得哪里有这许多话要说的!……他自己不想想他是什么人!……”

“那是什么人?”白太太问。

“他是个上士!——莫明其妙的!……一点规矩也不晓得!……他还讲……他还讲……”

“不要管他,”白骏说。“明天还是到你五舅家去一趟罢。”

第二天下办公厅,白慕易听了白骏的话,去找他五舅舅。他和海螺蛳,还有一位才到差的科员康先生,一同走出来:他们可以同一段路。海螺蛳一口气说着电影。

“Lwok 老是开车子,没什么意思,倒不如 Bus Kaiden,呃,老白,上次我看了 Whelma Ponchi 的片子,那真不错。……《璇宫艳史》看过的吧，Chifulai 真演得好，对不对。……”

可是白慕易在念着一个招牌上的洋字。

“西，爱，呃夫，伊。哼，‘伊’字上面打一点，这又不是‘阿呃’。”

海螺蛳要转湾，刚分手，他又指一家照相店对白慕易说：

“你看，这照片上的老头倒有点像 Shindenbou。”

白慕易把嘴角往下一弯：

“我不喜欢看他演的片子。”

他瞧康先生一眼，认定康先生做说话的对手。康先生看来有五十多岁，一脸乡下老样子。

“康先生你是哪个介绍的?”

“到处里来么?”

“唔。”

“我是一个同学介绍的。”

白慕易很响地叹口气：

“无论什么官，没有人介绍是不行的。我们处里这许多人都是有人介绍进来的，要是没有人……要是没有亲戚，没有同学，总是没有机会，……没有……我要不是……我要是没有……”

他想等别人问他“你是谁介绍的”，可是别人老不开口。

闭了会嘴，白慕易可忍不住了。

“我是怎样进来的，你晓得吧？”

“不知道。”

“我是云处长喊我来的。”

别人当然得问：“云处长和你什么关系呢？”可是那老头还是不问。

白慕易有点烦燥，取了博士帽搔搔头又带上。

“……因为云处长是我的舅舅，”他低声说，一双眼钉住康先生。

“唔，舅舅。”

康先生脸上一点表情也没有，这使白慕易有赌钱输了似的感觉。

天上有了黑云，像马上要下雨。一阵风卷起地上的灰，沿着大路一直向北扫去。

“灰真大！”白慕易用手掩着鼻子。“不过河南的灰还要大。……咦，康先生你看这个洋字：‘呃司’写个反的！这不是‘呃司’么？写个反的！……康先生你学过洋文没有？”

“我只学过英文。”

“洋文就是英文，英文就是洋文。……英文学学倒也还容易。康先生才学的么？”

“许多年了。”

“没忘记么？”

“常用，所以不会忘记。”

“现在也常用么?”

“是的。”

“康先生是办什么公事的?”

“管翻译。”

“什么!”吃了一惊。

“翻译。”

“翻洋文么?”

“是的。”

白慕易想：

“真糟了心!”

他脸红着和康先生分了手。

“真糟心！我操得你屋里娘，他管翻译!”

于是努力记一记，他刚才对康先生说错了话没有。没有，那招牌上那个“呃司”的确是写反了的。

三

白慕易一到梅轩老先生家，发见五舅躺在床上。

“我不好过，”梅轩老先生告诉他。

这位老先生比以前憔悴，颧骨和嘴唇突得更高了。脸上的皱纹也深了些。他对他外甥诉着苦，老叹着气，把眼睛无力地瞧着墙上那个红纸条——“元旦试笔”。

“真是不得了。……我已经走到了绝境。……”

白慕易想：

“为什么工作不努力呢，当然……”

梅轩老先生接着说到处借不到钱。到刘培本家里去过三次，还没开口，刘培本先生先对别人诉穷，叫你开不得口。去了三次的结果，借到了——

“你猜猜看：借到了几个？……人真是！……你晓得几个……一块几毛钱！——去了三趟，一块几毛钱！……人心真不可问！”

“娘卖 mopi，我恨不能把这一块几毛钱对他脸上掷过去：娘卖……我姓梁的面子就只值这几文？……什么亲戚朋友！……”

那个热起来，把博士帽取下往桌上一放。可是五舅舅话多着，把白慕易当作裁判官，叫他判判这位舅舅的一辈子所经过的遭遇是不是公平的：像他这么一个好人，可走来走去走不通，现在走到了绝路。一肚子才具一点也没给发展一下地就此完了么？可是白慕易烦躁着，像有许多咬人的虫子在皮肤上爬着。他不该来的。这老头儿的不幸都是他自己不好——一点不想上进，脾气又那么坏，跟什么人都合不来：跟刚舅舅就合不来。……

“刚舅舅要是晓得我来找五舅舅，会不会不高兴？”对自己说。

大概不会：刚舅舅气量多么大，他是处长。

白慕易不插嘴，他想这么着别人也许会说得没什么趣味，就闭了嘴的。他眼睛不对着梅轩老先生，只移来移去：瞧瞧那灰色的帐子，瞧到满是水烟疤的地板，瞧到墙上那糊着的霉烂的纸，瞧到那条“元旦试笔”。

他想：

“他的小楷比我写的好。”

五舅舅的学问比他好！……

他生气似地瞧五舅舅一眼。

那个全没一点了不起的样子，只是哭丧着脸，嗄着嗓子，背书似地说着。

“……如今说不到什么天道：好人没路走，有才具的没饭吃。……我偏生生在这样的世界里。……一事无成，一转眼年纪就来了。……”

白慕易站起来伸个懒腰，把博士帽嵌上后脑勺又坐下。他想着：五舅舅有学问为什么还不升官？对了，只有学问不行，第一个要有人——就是李益泰常说的“知己”。

“我比五舅舅不同。”

他心跳了起来。

天上云密密的像要下雨。房里的霉味儿更厉害。糊墙的纸上，仿佛瞧见有一条条的水流下来。格子窗永远关着，太阳光要穿进来怪不容易的：它费劲地透过糊窗的连史纸，只达到小半间房，并且还打了许多折扣。

梅轩老先生不知道是因为气压低还是愤怒，他喘起气来。他把眼睛移向白慕易，喷着唾沫星子：

“你去看看那些……你晓得……娘卖 pi，如今那，哼，说不到什么学问，什么经济，木匠瓦匠——之无两个字也认不得——偏生发迹！……猫屁不通的人偏生有出路！……”

“你老讲哪个?”白慕易问。心里忽然难受起来。

“不一定讲哪个。不通的人多哩。”

沉默了一会，白慕易又把博士帽取下。

“如今世界是……是……”白慕易吞吞吐吐地说。“好像世界开……开……所以……这样一来洋文是很要紧的……用的人都要懂一点洋……洋……英文总要晓得。……”

梅轩老先生抽风似地一动，那张床就叽咕一声叫，使白慕易吓了一跳。

外面像在刮风。他们静静地听着。

“五舅妈出去了么?”白慕易应酬地问。

“两婆媳都出去了。”

五舅一双眼钉得白慕易很难受，他的一双躲了开去，可是偶然一瞧到五舅舅——那双红眼还死死地向他瞪着。他感到受了威迫，他就努力去想，这老头是个怪可怜的家伙，一辈子就完了。这老头一辈子没成就半事件，没过过半天好日子。

“这种人真可怜。”

这种人干了一辈子录事没升官，可是现在连录事也没有了。

他白慕易比他好得多，该不该接济接济他？

又带上博士帽，站起来踱着。他暗暗叹口气，偷瞧五舅舅一眼。

“一个人到了这地步也没味了。”

接着想起昨天他对白骏夫妇说了五舅舅许多坏话：他心里一软。可是不该说么？五舅舅给了他什么好处？五舅叫他去当下士。五舅舅常幸灾乐祸地提起他从前学过什么手艺。……

“昨天你在哪里过节？”五舅舅突如其来的一句。

白慕易吃了一惊。

“啊？唔，我昨天在刚……在云……”——应该称“刚舅舅”，还是称“云处长”？

那个笑一声——用鼻孔笑，不用脸笑。似乎咕噜了一声“娘卖 pi！”

停停又问：

“你一个月寄几个钱回家去？”

“十……十……二十块。”

“那你还可以留几个钱。我也劝你留几个钱，不要同我一样。我是……”摇摇脑袋叹口气。

“留钱留不住哩，真糟了心，”他心在狂跳，可是怕把这快活劲儿流到脸上，他就努力地苦笑着。“一共只有这几十块钱，又要寄钱回去，又要吃饭，又要应酬。真是！……还是没有生路。……一百块钱一个月也留不住哩，这样子。在外头做官是死路一条。真是百足之虫死而不僵。钱不够用。……”

梅轩老先生诧异地瞧了他一眼。

白慕易可只背他的账：马科长死了娘，他送了两块，蒋秘书讨媳妇送四块，陶科长的老子忽然做起寿来，至少也得送两块，真糟了心。

“唔，不错，康科员生了个儿子，也要送。……有人讲陶科长的爷去年年底做过寿的，今年才过了端午又要做寿。……”

梅轩老先生瞧着白慕易的那双眼一直没移开过，他忍住了好一会的话这里才送了出来：

“你能不能够……你或者可以……我的情形你是晓得的：家里早就断了炊……”

“什么?”

“断了炊。”

“唔。”

“真是一点办法都没有。而我又是个讲气节的：穷是穷，要我到那些忘八蛋面前去低头我是不来的。我借钱也看人借。你呢……我的景况你是晓得的，你当然……我平素待你像自己的儿子一样，你是……那当然，我对你开口不怕你笑……你像我的亲生儿子……伯勇是不挣气的家伙，只有你有希望……我以为对你开口是不要紧的，你晓得……”

“不过我……”

“是的是的，我晓得你也不宽裕，”梅轩老先生勉强微笑着，低着声音，像怕那些桌子板凳窃听了去似的。“然而，你究竟比我好得多。……至于我的数目是不拘的，无论几个都行。”

白慕易站住在房间的中央，不好怎么对答。他似乎应当借给他几个。可是现在的白慕易不比从前的白慕易：现在的白慕易有了一班新朋友——个个都是有身分的。要和这班有身分的朋友们生活打成一片，他必得准备一点钱：譬如去玩玩，打打牌，看看电影，送送礼，这都得花几个钱。并且他还打算再做一套洋装。他上个星期就想买一部《公文程式大全》，可是一直没买。他有许多事得做，得花钱。……

“我……我……端午一过，我一个钱都没有。”

“我是不拘的：连一毛钱都是好的——一家人买几个烧饼吃。……”

那个红着脸，从学生装的口袋里掏两个双毛子，还从裤袋里拿出一把铜子——大概有三十几个，他数了二十个，连着毛钱放到床上。

“这里四毛大洋，”他一面把剩在手里的十几个铜板叮叮当当敲了一会，塞进裤袋里。

梅轩老先生叹口长气。

“你看，想不到穷到这样子。”

“这里四毛大洋。”

“一个人钱紧起来真是！……”

“这里四毛大洋。”

“唔。”——他极力忍住怒气。肚子里可冒着火：“娘卖……他想叫我打收条哩！”

“他嫌少，”白慕易想。“我不该来的：借了钱还不讨好。……”

他白慕易总算对得五舅舅起，他白慕易是——

“我是‘以……’‘以……’”

有句话叫“以”什么“报怨”的。

“这是下江话，我总不记得，真糟心。”

四

婆媳俩回来了：勇嫂扶着她婆婆。一进房，酒气就充满一屋子。

梅轩老先生咬着牙瞧着老太太。

白慕易觉得受了骗：他们还有钱喝酒哩！

老太太手拿着一本什么簿子，要开口，梅轩老先生做个脸色叫她别言语，她就把簿子塞进衣袋里去。白慕易瞥了一眼，仿佛簿子面上定着什么什么“解囊。”

勇嫂跑进了隔壁房，就拼命咳嗽起来。

老先生手抓着拳，额上突着青筋。等白慕易一走，他就跳起来。

“拿簿子来看！”

“看就看，叫什么！我还揩油么？”老太太掏出簿子来往上床一扔。“哼，生那样大的气！”

簿子的第一页有梅轩老先生写的文章：叙述一个陕西人死在这儿，怪可怜的，要请仁人君子捐几个钱给他买棺材，后面还写了几句四个字的，六个字的，（原文似乎没有抄下来的必要。）第二页起，写着各店家捐的钱：恒记杂货店制钱二百文，隆昌盛南货栈大洋一角，等等，差不多一本簿子写完了。

梅轩老先生细细算一下捐钱总数，和老太太交出来的一把毛钱铜子对一对，数目没有错误。

他瞧她一眼。她酒在什么地方喝的？

可是再把捐簿检查一下，就发现一个破绽：梅轩用拳头拍着床沿。

“娘卖 pi！你自己看看！——这本簿子本是五十页的，如今只有二十七页。那个二十……二十……那个二十四页那里去了？你讲，你自己讲！……”

“发你的黑眼昏！——少了二十四页么？”——“四”字特别说得重。“簿子有五十一页么，五十一页么，你自己说的五十页，偏问人要五十一页！……发你的黑眼昏！——少了二十四页么！”

七四十一，不错。少了的只有二十三页。

“好，我讲错了。只有二十三页。那二十三页呢？……你酒哪里吃的，你自己讲！……人何以无耻到这样子！……你讲，你讲：那二十……二十……那二十三页到哪里去了。……讲啊！……”

没答。

梅轩老先生捶着床沿咆哮：

“讲啊！”

“我怎样会晓得。”

“是你们拿去捐的呀。……勇嫂，来！”

“Khur……Khurkhur！……”

“勇嫂你讲，那二十四……那二十三页到哪里去了？”

勇嫂把那张酱油色的脸打着皱，痛苦地咳着。

“我不大明白，这都是……Khurkhur！”接着听见一大口痰嘎的一声吞下了肚。

“好，你们两婆媳打做一片！你们做我！……”梅轩老先生跳下床来，鞋子也不穿，就在满是水烟疤的地板上跑来跑去。跑到桌边的时候就用拳头在桌上捶一下。“我真不懂一个人何以无耻到如此！……分明是你们扯下二十……二十三页来，拿那上面的数目去吃酒。……你们打成一片来做我：我真不懂你们怎样会这么忍心！……你们两婆媳……”

“Khurkhur！……我是不晓得的。”

勇嫂说了往隔壁房里走。可是——

“不许走！”老先生叫。

她就站住在门边，弯着腰尽咳嗽。

“你们讲，你们告诉我：那二十三页一起多少钱？……”

老太太大声说：

“我晓得么？”

“偏生好意思讲不晓得！……太无耻！……那二十……那二十三页到哪里了，你讲，你讲！”

“我怎样会晓得呢！”

梅轩老先生觉得血管都要炸裂了。他全身发颤，咬着牙，嘴里发出丝丝的声音：他想说话，可是一句也说不出。

一眼瞧见勇嫂站在门边。

“滚！站在这里做什么！”

似乎因为说不出话，就更增加了他的怒气。他恨不能把五脏六腑都吐出来，恨不能放一把火烧了这房子，恨不能一刀劈死几个人。……

“无耻到如此！……”咬着牙说。“太无耻！……太忍心！……娘卖mopi，我不是穷到这地步我不会打这主意……娘卖……一家人几天的饭钱，你倒扯下来吃酒！……”

“你的黑眼昏，我扯下来吃酒！……你看见我扯的么！……”

他们吵嘴吵到晚上。梅轩老先生一点也不吃地就睡上床。他没睡着：他静静地听邻居家里的钟打十一点，打十二点，一直到一点，两点。……

老太太大概因为酒喝多了，睡得很熟：他听见她打着很响的鼾声。

“瘟猪！杂种！死无耻的！害我一世！娘卖 mopi！”他咕噜着。

隔壁房里勇嫂的呼吸引起她肺里的痰呼奴呼奴地叫，有时迸出一大声“Khur！”

“她没睡着：她一定在那里想她的奸夫……”

他叹口气。

“人生到此……”

他忽然觉得自己快要死了：一辈子就这么了结。死了之后呢，是不是变了鬼？他希望有鬼，不然好像太悲惨：一死就那么死绝了么？他肺尖疼了起来。

又想起从前的日子。这些都像云似地飞了过去，他恨自己从前干么不好好受用那些日子。可是现在什么都迟了，等来生……

“究竟轮回之说可信不可信？”

这些是平日没想到过的。

“来生定要好好做人，不要这样潦倒，处处都……”

他希望有轮回。他下一辈子得有点作为，得好好选个太太。他得做个重要的人，谁都瞧得他起。他得留点钱，告老之后在什么地方造所别墅，做做诗，玩玩，儿子孙子绕着他——孙子是很要紧的，他这一辈子没有得着一个孙子。

可是下一辈子的命运由他选择么？

“我要相信菩萨。……我这一世没做坏事。……我要念佛：我皈依……”

这一辈子不能怪谁：这都是他前一辈子干了坏事。

“欲知前生因，今生受者是。”

他肚子里念着“那谟阿弥陁佛”。可是他心很乱：他描摹着下一辈子的生活，一会儿又想到他读过的《佛骨表》——他是个不冒牌的儒家呀。

“然而轮回总有的吧。”

他非去努力相信轮回说不可：这么着他痛苦可以减少点儿。

五

天气一天天热起来，办公室里那个寒暑表的水银条子一天天往上升。

白幕易说：

“好热！你看，寒暑表里的这条寒暑又上去了：二十，三十，四十，五十，六十，七十，八十，一二三四，哼，八十八度了。真糟了心。”

白慕易现在博士帽没带在后脑勺上，因为有位刘科长告诉他：在屋子里带博士帽是不礼貌的。

“呃夫，”他念着寒暑表上的洋字，“西。”

隔壁桌上一团人哄出一声笑。他脸红一下，回过头去——他们并不是笑他。

“啊呀，真热，”他脱下那件自由布学生装。“连单洋服都穿不住，我操得你屋里娘。……勤务，打个手巾把子来！……茶有没有，唔？——倒一杯来！”

他细细地揩着脸，最后用手巾在牙齿上一抹。那个勤务伸手接手巾，白慕易可没瞧见似地，把它往桌一扔，就挺着胸走到正谈笑着的那团人面前去。

他们谈着处里的女同志。

海螺蛳摇着头：

“没一个好的。”

“眼界这样高，”白骏说，“真不敢领教。”

“哪里有他的密司牛好呢，”李科员说了就笑起来。

白慕易问：

“那位什么牛是哪个？”

“海螺蛳的未来太太。……处里的女同志当然没有密司牛好啰：情人眼里出西施，对不对，海螺蛳？”

“唔，自然对的，”白慕易点点头，“秦人眼里出西施。西施是秦朝第一个美人，那位什么牛是民国手里的第一美人。”

海螺蛳翻着报。

“Hey，好片子 Glietai Kiabou 的片子就要来了。”

“你带你的爱人去看，我们也去看，介绍我们见见你的密司牛。”

白慕易正跟着海螺蛳瞧电影广告上的洋字——“鸡，阿儿，伊……”——一听见这句话就大笑起来。

“真的带我们去见见，”他说。“她是民国手里的第一美人。我们……我们……”

“白先生，”一个勤务叫，“有客会你。”

“哪个？”

会客单上写着姓名——“梁梅轩”。

“来还我钱么？”他想着，披起学生装，把博士帽嵌上后脑勺。

梅轩老先生一张勉强笑着的脸在会客室里等他。

“有桩要紧事。……你们云处长在这里没有？……我写好一封信要交给他：先交信，后见他。这是我自己写的。你替我送去好不好？”

“送给云……云……送给云处长么？”

一面想：

“真糟了心！……真讨厌，这种事！……”

“我本可以交到号房里的，”那个又和气地说，低着声音，“但是号房里有好多麻烦，而且还怕他们……”

白慕易拿着信走出会客室。他把信抽出来瞧一下：除了“士刚乡长赐鉴”以外，那些句子他看不懂。字写得很恭敬，一笔好“苏字”。

“真糟心，偏有这样一个舅舅！”

他不能拿这个去麻烦刚舅舅。而且他白慕易有这一么个五舅舅也怪那个的，叫别人瞧了不大高明。而且——这位五舅舅和那位刚舅舅是有气的呀！

他拿着这信和白骏商量。白骏用鼻孔说了一个字：

“Hug！”

“要不要送呢？”

“你叫个勤务送去好了。……这位老先生真不敢领教，平素那样骂我们，现在又要来找我们。……我不是当你的面讲他不好，这种人还是不要惹他。……”

“我不也讨厌他么？”白慕易痛苦地微笑着。“他是自己不好。……我告诉你一个笑话：那天你叫我去看看他，那天他睡在床上讲是有病，我晓得一定又是小褂裤当掉了。……”

“勤务，这封信送到处长房里去！”

可是梅轩老先生在会客室里踱着想着：那姓云的看了信之后怎样呢？也许会皱起眉毛来说“讨厌！”但也许会——

“梁老先生虽跟我不对，但他究竟是有才具的：我平素不敢惊动他，现在既然自荐，我非给他一个位置不可。”

那姓云的当然会自己跑来见他，说不定要请到他办公室里去见。他呢得向他鞠个躬，先说些恭维的话。……

“还不出来！”

他瞧一瞧钟：三点多。

外面脚步响，他赶快坐下去。心狂跳着。

可是脚步响过去了：没进来。

他又站起踱着。他觉得在这儿呆了一百四十四年。怎么还不出来，那姓云的？他消遣地瞧着钟摆，瞧着那根长针。

突然——门口站着一个人。

梅轩老先生几乎跳起来：怎么一点声音也没有地就进来了？——他的命运就由这个人的嘴里决定。

“处长没有工夫。叫我代见，”他个拉长着脸。他是白骏。

“我的信……？”梅轩老先生努力笑着，两膝微微屈着。

“你的信处长看见了。处长说现在处里没有缺：第一，因为来得迟了，第二呢……第二……不过处长说很晓得你的景况，处长自然会随时留意，等有机会的时候……”

“是是，”颤声说。

沉默。

“四哥近来公忙么?”梅轩老先生还笑着，可是笑得很吃力：脸上的肌肉发抖。

“还好，”那个脸更长。

“我常听慕易谈起四哥。……我们还是新年时候会过面的。……慕易办公还行不行?要请四哥指教他。……”

白骏肚子里动了火。

“真讨厌，还不走!”

又是沉默。

梅轩老先生一离了这里，白骏就轻松地透过一口气来。他和白慕易谈着这位老先生，笑着，叹气着，可是忍不住把心里的痛快流露出来。家里有朋友来的时候，他也把这做个谈话的题目。大家听着都笑：白慕易笑得最响亮，白骏太太笑的时间最长，王老八一面笑一面摇头，卫复圭可笑得不大起劲——还说几句叫人扫兴的话。

“老实说，我们并不比梁老先生高明，”他说。“他是想爬，你我也想爬。他爬了一辈子没爬上，你我是还要‘且听下回分解’。你我并不比他高明。”

“哪里!”第一个反对的是白慕易。“那都是他自己不行：如今文明世界的事情他一点不懂，又不肯学学洋文……洋文……他又不肯努力工作。要升自然要自己上紧。……他还反对学洋文!他真是老……老……古话说的：老……老……老什么昏的。……”

王老八笑着笑着忽然叹口气：

“这种人可怜是真可怜。”

“当然可怜，”白骏说。“我要是宽裕一点还想接济他几个，不过我现在自顾不暇。云处长也说实在打算给他一点钱，但是心有余而力不足。……”

王老八大笑。

“你倒会说风凉话。自顾不暇，你倒有钱打牌请客！……”

“你真不通，”白骏也笑。“打牌，请客，当然是为了自己。自己用得有剩才能行善，懂不懂。接济了人家，自己不打牌，不请客，世界上没有这种人。”

白骏太太马上用上唇拼命包住牙齿，捧着肚子笑起来。

白慕易上床的时候对自己说：

“可怜是真可怜。……”

可是五舅舅侮辱过他。

“他真背时……他太不会做人，他心肠太坏。祸福……祸福……”

他记得有句古话：祸福……他记不起来，大概的意思是谈祸福都是自己惹起来的。

七月的第二个星期五，又出了祸事：勇嫂跑掉了！

梅轩老先生以前听勇嫂说过，她要到上海去做工。

这事情很明白：现在上海有了机会，她到上海去了。可是梅轩老先生不相信只这么简单。

“私奔！”他叫道。“一定是私奔！”

奸夫是谁？王老八，邱老七——可是邱七早离了这里到北平做官去了。说不定是李益泰：不过这年青伙子明白事理，不至于这么干。云士刚，刘培本……他们也许还瞧勇嫂不上眼哩。那个挑水的呢？

他想着全身发冷。

“那或者不至于。”

到底是谁？他应该往世界上最荒唐的一种人身上想。

“白骏！娘卖 pi，一定是白骏！”

白慕易来了几次，准定给白骏送信，约勇嫂什么时候逃。……可是也说不定就是白慕易自己。……可是不管是谁，勇嫂总藏在白骏这小子家里。……

他想勇嫂现在许正跟白骏或者白慕易调笑，她谈着她公公许多坏话。男的一个劲儿搂着她，把她放到他膝上。她一面咳着吞着痰，一面淫荡地笑着。……

“我要杀人，我要杀人！”他大叫。

他奔出门去。他长衫也没穿，只一身洋布小褂袴，手里拿一把芭蕉扇挡着太阳，跑到白骏家里。

白骏夫妇和白慕易，还有一位客——海螺蛳，在喝着汽水。白太太叫着“陈妈，陈妈！”白慕易在叹息着可惜他们是中国人，要是做了荷兰人那多好——一天到晚吃荷兰水。

“那里荷兰水一定极其便宜。”

梅轩老先生一进来，大家都吓了一跳。八只眼睛都不安地对着他那张苍白的脸——病容上加着愤怒，发青，发黑。腿子颤着。洋布小褂裤给汗浸得像下过水。

“勇嫂在哪里？……我找勇嫂！……”

那几个张大了嘴不知道怎么开口。

“勇嫂藏在哪里!？……交出人来我不追究！……”

“什么，你的勇嫂!”

“勇嫂！勇嫂，滚出来!”梅轩老先生喷着唾沫，满屋子走着找着。

“你发疯么!”白骏太太尖叫。“怎么到这里来找你的勇嫂！……”

那找勇嫂的人陡地在白慕易面前站住，咆哮起来：

“白老六，你一定晓得勇嫂在哪里！你快讲，你快讲！不讲对你不起！……”

“我怎样会晓得！……我一点也不……我……真糟了心……我莫明其妙……糟心糟心……怎样忽然……”

海螺蛳扯扯白骏的袖子：

“这家伙准是神经病。叫警察！……”

“我喊警察去!”白骏往外走。

梅轩老先生一把拖住他。

“四哥，没有你的事。……我同白老六算帐。……”

"老六怎么会晓得你的勇嫂，这真奇怪！……找勇嫂找到这里来，哪个管你的勇嫂！……真不敢领教！……不许在这里闹！不然我真去喊……"

那个愣了一会。

"我真不晓得要怎样……家里出了这样的事，书香之家……我何以见人，四哥你替我想想。……我太冒昧……我五内如焚……真的你们看见勇嫂没有，行行好告诉我，好去……"

"哪个兔崽子看见你的勇嫂！"

"好好好，对不起对不起，冒昧冒昧。"

梅轩老先生走的时候忘了带走他那把芭蕉扇。

六

两星期后接到一封勇嫂从上海寄来的信，告诉公婆她进了一家纱厂。可是没写地名。

"地名也不写一个，"老太太自语着。

梅轩老先生已经没把勇嫂放在心上，他看完了就把信一扔。他有个新的计划。他得挣扎。

"她肯不肯依我的话？"这么想。

不依不行！

"娘，我有话问你。"

他严肃着脸色开始。

"吴太太什么时候动身？"

“听讲出月就走。”

“我有个主意：我筹几个盘费，你同吴太太一路回去。”

“回去？回哪里去？”

“你暂时到大舅舅家里去住。”

老太太刚要开口，他打手势叫她别言语。

“这样下去只有死路一条。……我当然还要进行进行，等等机会。将来找到了事马上接出来。……两个人都在这里总不是个了局：这半个多月没有煮饭，烧饼也有一餐没一餐的。要只有我一个人就好办了。……天无绝人之路，我总找到机会。你回去是暂时的。……不然两个人只有饿死。……”

“我不回去。”

“为什么？”大声问。

“活到这大年纪，还要靠娘家……”

“我当然晓得。然而有什么办法。总不能等着饿死。”

她想到她大哥那张脸，大嫂那张嘴，那些刻薄的侄儿侄女。他们得挖苦她，取笑她，侮辱她。……她哭出来：

“饿死也不回去！”

“那叫我怎么办呢?!”

“我不回去！”

“那只有死。”

“宁可死！”

梅轩老先生透不过气来。

“完了，完了，”他想。“一线希望也没有了！”

他打算叫太太回去，取消这个家，他可以东吃一餐西吃一餐，总不至于饿死。苦点不要紧，只要不饿死总得有机会来的。太太不肯回去就完了：什么都当完，什么朋友家里都三毛五毛地借遍。……

就这么饿死么？

不，得挣扎。

“你非回去不可！”

“我不，我不！”

他跳了起来，尖锐地叫：

“不回去就死！……回不回去，回不回去？”

“我不回去，我……”

“真不回去，真不回去？”

“我……我……”

梅轩老先生不好怎么办，他像旋风似地在房里转着。他觉得有个炸弹在他肚子里马上就得炸裂了。他知道生和死在这里分界。

“不回去，不回去？”

他伸手到桌上拿着茶杯对她摔过去，接着又把墨盒抢来。他来不及看打中她没有。他用手扫着桌子，茶壶，水烟袋，纸张，笔，印泥盒，都给扫到地上。房子里可以打得碎的东西他都把它打碎。他想烧了这屋子。他想杀了她。他想毁尽整个宇宙。……

“大家死，大家死！……”他嘎声叫，几乎辨不出是他的嗓子了。他想到隔壁去拿菜刀砍死她，再砍死自己。

“我实在……我实在……大哥家里的罪太难受……我宁可……我宁可……”她抽抽咽咽地。

她大哥家里那种劲儿他是知道的。可是……

“好，死。……死了也干净。……这一世没过一天好日子。……你的命也苦。……我对不起你一世。……我们做了三十年夫妇，这样一个下场。……我对不起你。……”

他倒到一张椅上，轻轻叹口长气。

“娘，我对你不起……”

她哭到晚上。上床了她睡不着。她想着她大哥家里。他们得把她当老妈子看。大嫂得老说：“饭倒会吃哩，事情一点也不懂。就是狗也会守门哩。”全家人都冷眼瞧着她，她得……

“一定不回去！”

她恨着她丈夫：他误她一辈子。现在竟到了挨饿的地步！而且她还叫她回去受罪！

翻过头来瞧一眼床外，她丈夫很平静地在桌边写什么。她又闭上眼。

“他误我一世！”

额上发疼：给他打的。

“偏不回去！”

她又瞧见她大哥那张脸。大哥打她。一会儿瞧见她丈夫和她大哥打架，她丈夫把茶壶摔过去。忽然什么都不见，她自己在她母亲身边，她还是小姐。

“我没有嫁给他啊，”她高兴地说。

母亲叫她打鞋底。……

有什么声响警醒了她。

“一个梦！”失望得几乎喊出来。

可是声音是真的。

张开眼，她坐起来。她像有种什么豫感，心狂跳着。

突然她瞧见——她差点儿没昏过去——梅轩老先生的脖子吊在一根铺盖绳子上，身子临空，还有一张凳倒在地板上。

她全身发软。她跳下床来，鞋子也来不及拖，就跑去解绳子。

他身子太重。弄不动。

“救命哪！救命哪！……大家快……大家快……上吊！……救命哪！……”

自己倒在地板上了。

她不知道自己什么时候醒的。她张眼，房里有许多邻居。梅轩老先生躺在床上，胸部很弱地在一起一伏。他们在灌他什么。

她马上跳起来，挤开那些人的臂膀，她伏到梅轩老先生身上，尖声狂叫着：

“我回去，我回去！……我依你的，我……我……吴太太走……同走……我一定回去，我一定到大哥家里去……我依你的，我依你的，什么话我都依你的……我一定回去，我一定回去！……”

祸不单行

一

李益泰先生给王老八打了一顿之后，他不快活了好几天。他是英雄，可是他挨了打，而且跪过。他没面子见到白骏他们：他在李三房里呆了几天，可耐不住性子要跑出来，他就只到姨母家去走走。

“怎么老不来了?”姨母问。

“一则因为忙。二则呢，那位委员太太真讨厌——又到北平看她女儿去了，您那床毯子就一直搁在那里。我想等她回来问她要了毯子再来，不然显得我这人荒唐：不知道的还当我扯谎哩。……想着那床毯子我真不好意思来。……”

“谁疑心你。你心眼真多。”

他就差不离天天到姨母家里去。天天说着同样两句话：第一是关于那床冠生园……泰礼公司……不，永安公司那儿买来的毯子。第二就搂着她的珍妹：“我的记性太坏，又忘记给你带葡萄干!”

有时晚上坐在施贵房里：

“施贵，今天我忘了带钱，你拿两毛去打点白干来喝喝：我请你。明天我赏你四毛钱。”

“您一总欠我多少了?”那个问出了口，马上又觉得抱歉。

“怕我逃么?”李益泰笑。

“笑话笑话。……我只要您得了好差使别忘了我。……”

“急什么，当然少不了你的一份。”

施贵拉开嘴笑着，又低着声音问：

“您昨天说的那个呢，您究竟去不去?”

“我自己还没打定主意哩，反正去了总得带你去。”

那个就装着一肚子欢喜打酒去了。

李益泰这么着消磨了三个多星期。

“这么下去怎么办?”

他想离开这里。可是没有什么地方可以去。在这里他又是孤独的：姨丈虽然是姨丈，可是不把他当作一个亲戚看。有人说姨丈在外面又有了个姨太太。

这世界上没有他李益泰坐的地方，甚至于连站的地方也没有。

喝着酒，想着许多事：没点用的老子，在乡下受着罪的妹妹，自己的生活，章厂长，王老八的太太，卫复圭，白骏，白乾，白太太。……

急什么，将来怕没出息？

“哼，看我的！”

他把杯子里的一口灌了下去，怕一下施贵的肩：

“施贵，将来叫你当我的副官！”

“我……”

“不错，你会算帐不会？”

“别的不会，算帐可会算。”

“好极了，算帐是副官的事。……昨天跟你说那个事我准去干：明儿打个电报去。……我给你补个副官名字。”

施贵不知道要怎么说才好，搓了一会手，他热心地问：

“您还喝不喝，我再去打两毛来好不好？”

李益泰想：

“这家伙做个副官真不错。”

他现在很伟大：要是世界只像这间房那么大小，他李益泰可就不再想别的了。这房间里的一切东西他都可支配它。施贵副官把他当作了不起的人看。

可是世界总比这房间大点儿：他一跑出门，就感到有谁在拿什么刺着他的皮肤似的。他四面瞧瞧：他怕遇见王老八，或者白骏夫妇，还有那位把帽子带在后脑勺上的人。

外面比屋子里凉快。可是他比在屋子里的时候热。风吹来是暖暖的。他满身的汗：那套灰布军衣像在水里泡过一回。他闻到了自己身上的汗臭，脚上的味儿也蒸了上来——这一点可学着他父亲的：不大爱洗澡。

一个警察老远地瞧着他，他就绕到那警察身后走过去。

"干么尽瞧着我？"

身上一阵热。

这警察知道他挨过王老八的嘴巴子么？

"王老八的太太其实是淫妇，那天她不过是不好意思。妇人的玩意儿，呸！"

一口唾沫。

他扬扬眉，抿抿嘴，想起王太太的微笑。……再去一次，他妈的！……可是这时候王老八准在家里，说不定真拖他往宪兵司令部去。……

在十字路口踌躇了一会儿：要到那女人那儿去就得往北。唔，往北。……

可是他努力制住了自己。他咬着牙走他自己的路。他当然不应该再去。……嘴巴子，拳头，跪，宪兵司令部，别人的耻笑。……

他低着头走。一瞧见有把帽子带在后脑勺上的人他就一惊。走来有什么削肩膀长脸的人他也得想：

“这是不是……?”

可是他永远会不瞧见那些姓白的，王老八他们么?

姨母家天天去有点讨厌起来。白骏家里也许有什么信——说不定章厅长那些人突然想起李益泰是个能干的家伙，写封恳切的信给他请他去帮忙。

他仿佛瞧见白太太那张微笑的脸，听见白骏说“这家伙真不敢领教”。他于是又感到有谁拿着什么刺着他——痒不像痒，疼不像疼的。

“总得有一天要遇见他们的，”他难受地想。

“就去一趟罢。”

于是下了个最大的决心跑到白骏家里，正是梅轩老先生送他太太上船的第二天，下午五六点钟。

白骏他们对李益泰没什么嘲笑的脸子。他们在吃西瓜，他们说欢迎。卫复圭也在他们家里，他西瓜吃得很少。白太太笑是笑着，可不是笑李益泰：他们谈着梅轩老先生她才笑的。

“我近来很忙，”他一进门就说。

“吃瓜吃瓜!”

李益泰活泼起来，可是还有点不安：他怕别人问那天王老八和他到底是什么蹩扭。

别人的谈话可全集中在梅轩老先生身上。

“他老先生真不敢领教，”白骏左手拿着一块西瓜，右手打着手势。“他还说气节不气节，那天他还……”

白骏咬下一大口瓜，一面说着话，把下巴弄得水淋淋的。他详详细细描写着梅轩老先生那天问刚舅舅借钱：一共鞠了二十三个躬，叫了三十七声“处长”。那张皱脸上堆着笑。一脸病容，腿子像站不稳似的。

白骏太太狂笑，还用手背打她丈夫一下，（因为手板全是湿的，怕弄脏了他那件新做的夏布褂裤）。

“你说起话来真是！你数过他鞠过几个躬么？”

“真的数过，我赌咒都可以。”

接着他说梅轩老先生对云处长声明：他从没向处长借过钱，以后也不会再来麻烦。这次是不得已，为要送太太回去，筹几个盘费，处长没多言语，只是——

“他就叫我送五块钱给梅轩老先生。本来可以多送些，但是事实上当然是办不到的：第一，处里经济也很困难，第二……第二……”

“他太太送走没？”李益泰问。

“走了。”又向白慕易：“昨天走的吧？”

“唔，”白慕易用鼻孔答。“我只好陪他送到下关。……她打了张统舱票：统舱真是像桶子，叫它做桶舱真不错。脏得要命，七七八八的人，什么下等人都有，真糟心！”他摇摇头，嘴上的西瓜汁两边洒着星子。“简直不是人坐的。……”

这里他想说句坐房舱官舱的规矩，表示他老坐房舱官舱的，可是一句也说不上来。关于统舱的话可以不必再多说了，不然别人得想："你白慕易为什么那样熟习，既然没坐过统舱？"

他把别人几张脸子偷眼一瞧，就回到梅轩老先生身上：

"船上那许多人挤，他还同太太说知心话，两个人还哭哩，糟心，我真急死了。……吴太太他们坐的是房舱。……这一回他到处借钱，除了盘费总还剩了几个。……我操得你屋里娘，他还欠我一些钱没还我，连讲都不讲起。我当然不好意思向他讨。……"

白骏责备他：

"哪个叫你借钱给他！自然没有得还的。欠你多少？"

"多是没有好多，不过……多是没有好多，他只借过一次，是……数目不大……多倒不多……"

"究竟多少？"

"数目当然不大……不过我……呃，不讲了罢，讲起来没味。"

"你自顾都不暇还借给他？……我也想接济他，不过也是力不从心。……像刚舅舅当然送什么四五块钱是不在乎的，你我就不同了。……"

李益泰吃了七块西瓜，他要去拿桌上最后的一块，可是白慕易的手先到。他就打了个膈儿，叹口气说梅轩老先生可怜——没有路走，年纪又那么大，全没了希望。

“年纪青点儿倒不在乎：年纪青的，只要有一手两手本事，不怕没出头日子。”

卫复圭取下眼镜用手绢擦着，独白地说：

“我看大家都没有什么出头日子。”

“为什么?”白慕易不相信地问。

那个没答。

“只要肯努力，”白慕易像演讲似地。“没有出头日子的是因为自己不肯努力。”

李益泰扬扬眉，挺着胸，大声说起来：

“要是不能干，那努力也不行。……要能干，还得要有大志气：这么着总有一天遇着一个知己的，你们说对不对。……还有一件东西也少不了的：冒险。……可是你要没有大志气你可不敢冒险。……说来说去最要紧的还是志气，可是有几个有大志气的?——谁也不想到他将来要怎么着。”

可是卫复圭说他不对。

“不对。其实个个都有志气的：个个都想发财。因此发财就难：人人想发财，那有那么多财呢?”

“你呢?”

“我不想发财。”

“这家伙多没出息!”李益泰想。

卫复圭带上眼睛，到房门口站着吹风，两手叉着腰。

“好风!”

接着又：

“大家都痛苦，但是都不知道为什么痛苦。”

李益泰笑。

“你知道吧。你告诉我为什么。”

“我说过好几次了：你自命不凡，你想爬，可是像你这样的人太多，爬不上，你就……”

“他妈的！”那个在肚子里说。

回去之后他又觉卫复圭的话也许有点儿道理。在国内也许难出头，因为“这样的人太多”。他就想最好跑到什么小地方去，或者可以在个什么小国里做皇帝，譬如——

“譬如爪哇国那种国。……还有檀香山。……还有什么夏威夷。……”

二

“真麻烦！”

白慕易看了梅轩老先生给他的信就烦躁起来。信上很简单：他病了，希望白慕易去看看他，因为这么大一个地方，亲人只有他一个。

“为什么要我去看他，我又不是医生！”

“恐怕他……”白骏吞吞吐吐地说。“他身体很不好，那天我看见他满面病容。”

“糟心！”

白骏就不再言语。

“你看去好还是不去好，”那个问。

“去就去一趟，不高兴去就不去，”白骏打不起精神地说。

白骏近来有点心事：刚舅舅到上海去了，有人说最近得改组，他不会回来。刚舅舅没有叫白骏准备办交代，或者不至像传说的那么着。可是舅妈也给接到上海，白骏送她到车站的，不过笨重的家具还留在这儿没带去。

总务科里的人都起了点恐慌，别科里的同事们可没什么，也许他们不知道。白慕易没听到这些传说，他还是像平日那么起劲。

“不去总不大好，唔?”他说。

他决意去看一次他的五舅舅。请假去么?

“刚舅舅到上海去了，请半天假不要紧。”

可是他又觉得为了五舅舅请假，似乎有点小题大做。要刚舅妈病了他也许可以请半天假去看看她——不过现在她也到上海去白……白……

“白什么啊?有句下江话，‘玩’叫做白什么的。”

他上面还有科长股长，他们都看得起他。

“呃，请什么假!我白慕易从没请过假的。”

下了办公厅他才到梅轩老先生那里去。

梅轩先生躺在床上，亲热地瞧着白慕易。

“本来有点病，前几天一忙，更厉害了。……发烧。……你摸摸看。”

他额头滚烫的。

“看医生没有?”白慕易眼睛没对着五舅舅。

“看医生?哪里有钱看医生。……这是小毛病,毋须去看,睡两天总会好的。……不想吃饭,倒省饭钱。……”

接着他说他本想搬到便宜的房子里,可是人病了搬不动。这儿才给了房钱,他得把这一个月住满。现在身边只有两三毛钱,可是他不怕,因为最紧要的房钱已经付清了。这几天不花什么饭钱。

白慕易装哑子,坐在床边的凳上拿扇子尽扇着。

床上的人像在荒岛上找到了一个同类,他和他非亲热不可。他再三再四地说,“这地方只有你一个人是我的亲人了。”

窗子关着,房间像蒸笼。蚊子嗡嗡着,恨不得把人抬起来。到处滚着霉味。

梅轩老先生喘着气说着话。他嘴里发焦,舌子上带点儿苦味。眼圈子灰黑色,皮肤枯得像稻草。他有时突然想他也许会死,他就打一个寒噤。不希望死。虽然到了下一辈子也许会有好日子过,那可究竟是渺茫的。他得活着,在这一辈子好好做一下人。世界上有一种人熬着大半生,一到晚年就怪幸福的:他许是这种人。

“我气色很坏吧?”他试探地问白慕易。

“唔。”

他全身一冷。即使知道自己气色不好，可是不愿意别人说穿。

“生病的时候气色总不好，”白慕易说。

“我怕我的病……”说下去他自己也得怕起来，就打住了。他闭着眼想：

“只要病好，给我过几天好日子，我就吃长斋，念经。”

白慕易有许多地方叫他讨厌，可是这外甥走了之后他就感得非常寂寞。只有他一个人。没人招拂他，也没人和他说话。他看出白慕易坐在这儿很不耐烦似的，虽然再三叫白慕易常来，可是未必肯来。写信叫他可真麻烦，那封信是对房东太太说了许多对不起的话才发了的，而且发了五天别人才来探望。

“今夜好好睡一晚，明天一定好的。”

可是晚上体温加高，糊涂起来。

第二天早上房东太太站到房门口问他：

“梁老先生好点儿没有？昨晚上你一个人说了许多话。”

“说了许多话？”

昨晚发热发得很厉害。

他心里忽然感到空虚：什么都没有，什么都消灭了。他觉得他准得死。这一辈子过得多快呀。

“来生……”

什么都似乎绝了望。他只希望他的伯勇忽然发迹了，赶了来送终，很热闹卖地做佛事超渡他。开吊有许多阔人来拜。出殡有许多仪仗。

他肚子里念着“阿弥陀佛”。

“不要乱想罢。……不过是重伤风，明天一定会好的。”

病状不像他所希望的，体温只是加高。他不能再想什么：他昏了几天。

房东太太着了慌：她怕这位老先生死在她的房子里。她请一位熟识的医生给梅轩老先生诊一下，那医生吐着舌。

“这很危险……他有家里人没有？”

“他把太太送回去了，一个人在这里。……他还有个外甥还不知道是侄儿。……他是什么病？”

“样子像伤寒”。

“伤寒?!”

她等梅轩老先生清醒过来，问白慕易的住址去找他，跑了两趟才把他找了来。

“糟了心，糟了心!”

梅轩老先生躺在床上半开着眼睛。

“你是哪个？”

“我是老六，白老六，白慕易。……你老不认得我了么，五舅舅?”

“他病得厉害的时候连人事也不知了，”房东太太插嘴。

“老六你看我气色如何，”病人轻轻地问。

房东太太对白慕易使使眼色。他说：

“气色好起来。”

可是肚子里说：

“病得太厉害，糟了心!”

他好几次想要走，可是不好意思。

“白先生，我跟你说句话，”房东太太把白慕易拖到屋子外面。“这位老先生害的是伤寒，住在这里总不方便。他身边又没有半个人。你是他的外甥，这件事当然在你……我觉得……你最好还是送你舅舅到医院里去。他一个人孤单单地生了大病，我也看不过去。……”

真糟心，这困难的担子落到了他肩上！找医院，伺候病人，还得筹钱——到哪儿去筹钱?

“这个……我看……我是……其实他这个病……他并不……”

“怎样?”

“我去……我去商量商量看。”

“商量!”房东太太吃了一惊，发怒似地说。“跟谁商量！人到这样子还商量——他害的是伤寒哪!”

白慕易觉得世界上无论什么困难都好对付，可是这个真对付不了。他凭什么要管这些麻烦：病人有妻子，有儿子，却叫他一个外姓的人来管？

可是房东太太不放松一步：他说明天就送老先生到医院去，她还不答应。

“医生说的不能再迟。明天可以送今天为什么不送。……还有句语，我不是爱说不吉利的话，老实说梁老先生已经很危险，有了三长两短，我们也不方便。”

“是，是。”

“那么马上就送去。”

“唔？呃。唔。我就……”

他往外走。

“白先生到哪里去？”

“我就来的。送病人到医院去，总要预备预备。”

“就来呀！”

“当然。”

他透过一口气来。

“糟心糟心！”他恨恨地。他懊悔自己不该到这地方来找差使。……他五舅舅可也古怪：自己病了干么还送太太回去？……这件事落在他白慕易身上怎么办呢：要用很大一笔钱，要找医，要跑腿。假使死了就更麻烦。……

他不再去。他一下了办公厅不敢回白骏家里去：怕那房东来缠他。他到海螺蛳家里去，到赵科员他们家里去，一直混到十一二点钟才回来。白骏夫妇每晚总得告诉他，一个四五十岁的女人来找过他两次或者三次，说他五舅舅病得厉害。

“究竟病得怎样?”

白慕易没告诉他们过：他怕他们说这些事非去招拂不可。

“并没有什么大病，”白慕易红着脸说。“不过是重……重……重伤风。……他们故意大惊小怪。”

他这么着并没什么不对：他五舅舅侮辱过他。可是他待五舅舅不算错，他还借过钱给他。他白慕易现在本可以管管病人的事。可是他怕麻烦，怕用钱——他自己也穷得厉害着。

房东太太可跑到处里来找他了。一个勤务告诉他有位太太们在会客室等他，他就全身发一阵寒。

“怎样让她进来的!”他几乎是叫着地说。“你只说我不在这里!”

糟透了：这晚十二点多回去，房东太太在白骏家里等着他!

“白先生你这个人也真……”她埋怨着。“外甥不管他，倒叫我们外人管他，世界上没有这个道理！……我不过可怜他……这一个多礼拜我一天来找你两三趟。……”

“我是……这几天……我是找医生……”

房东太太又告诉他，陶先生开过药方子，吃了几贴也不相干，药钱还是她垫的。现在只好预备后事：许多医生都说没有希望。

白慕易一进病房，装着犯人进监牢似的脸色。

“五舅舅！”

梅轩无力地抬起眼睛。他脸成了灰色，嘴唇发枯。眼珠像毛玻璃，一点光亮也没有。肌肉给热病烧尽了，只一层皮蒙在骨头上，口部就突得更高。他呼吸感到很困难，用嘴唇一开一合地呼着气。他现在清醒着。

“我瘦了些吧？”他哼着问。

“瘦是瘦了点，”白慕易小声儿说。

“气色……你看我……”

“气色差不多。”

“一场病……真背时……”

接着微笑一下，可是笑不动。

“算八字的……”他上气不接下气地，“八字上说我……今年交秋不大……不大好。以后……以后渐渐会过好……会好……会留点钱……”

他闭着眼喘气，停停又哼起来。

“有一桩大事……没有孙子……”

“不要紧，伯勇年纪还很青。”

“云……云处长问起我过没有？……你替我向他请安……我病好了一定有机会……他会用我……”

“他现在到上海去了，要下礼拜才回来哩。”

“我……我……”

梅轩老先生没力气再说话。沉默了会儿，他又兴奋起来。他用了最大的努力张开眼睛，拿全生命的劲来对白慕易说话：

“有一桩……我病好之后……我现在托你一桩事……这是我的一个机……机……我的机会……我病了不能进行……你替我去……我托你……要快……”

“唔。”

“病好之后就可以……一个机会……一个科员缺……以后是柳暗花明又一……又一村……过点好日子……你要替我进行……现在我对你说我的进行方法，你去替我……替我……”

病人撑不住劲，说不下去。白慕易等了老半天没等着下文。

房东太太在房门口对白慕易招手。

“你现在马上就得把病人送去。”

白慕易说不出话，用鼻孔应了一声。

“再不进医院就一点希望没有了，”她小着嗓子说。“你还得问问他，看他有什么话说，怕他一下闭住气……”

他像木偶似地依她的话转身进到房里。

“五舅舅，五舅舅。”

等了会儿。

“你老有什么话说?”

“我要告诉你……你……进行方法……不放过这个机会……天生我才……天生我才必有……必有……”

又没了下文。

“真麻烦，真麻烦!”白慕易想。

他抓住帽子往外走。

“白先生你不能走!我好容易找了你来……”

“我去去就来。”

“不行。”

沉默。

“我有我的自由……”他不顺嘴地说。

“这时候你不能走!你走了叫我们怎样?你叫个人来你可以走，再不然你马上送他到医院去。”

“他一个月房钱还没有住满哩!”他动了火。

“白先生你也是个读书人，怎么说出这样的话来!……梁老先生要是……呃呃呃，不能走不能走!……大家客客气气多好，我叫了警察来你的面子下不去。……你是他的外甥，他没有别的人，你走了谁管。……我已经操够了心，依道理我是管不着的。……你得马上送他到医院去!……”

“好好好，送到医院去。我去叫车。”

“等一等，我叫个人陪你去。”

“操得你屋里娘，真糟心，真糟心！”他焦急得想投河。他希望他能够土遁，一遁就遁回家里去，不，得遁到远点的地方，譬如河南，譬如济南，譬如山东，譬如闸北，譬如蒙古——房东太太永远找他不到。

他化石似地站了两三分钟，又走进病人的房里。

什么地方打两点钟。

他走不出去。他得把五舅舅送到一个什么地方，就什么都好办了。可是没地方可以送。到医院里去他们得问他要钱。五舅舅死了又怎么办呢？……总之要逃出了房东太太才好想法子。

瞧一眼床上：那病人闭着眼不动。

“死了么？”

想要仔细去瞧瞧又不敢。他摸摸自己的学生装，上面浸着汗。他轻轻地溜到房门口往外一张——谢天谢地，房东不在这里！

他做贼似地赶紧颠着脚走出去，四面一瞧，就一直奔到街上。

“好了好了！”透过一口气来。“跑了出来总有法子想的。”

三

“怎么，又跑了么？……我从来没看见过有这样的人……”

梅轩老先生病势又沉重了些，房东太太更着急。她咕噜着，一面忙着：叫人去通知警察局，去喊白慕易。她骂那位梁老先生不拣地方死。可是她又可怜那老头儿。为了人道之故，她得去问问梅轩老先生有没有最后的话要说：她怕他那位白先生赶到的时候他已经落了气。

“梁老先生，梁老先生，你有什么要吩咐的么？”

“叫他……叫他……我……替我进行……”

“进行什么？梁老先生，进行什么？”

“机会……机会……”他痛苦着脸子。“病会好的……”

白慕易没找着，梅轩老先生情形却很坏：眼睛翻了一半上去，嘴里只是吹着气——哺，哺，哺，哺，哺。

“去了，去了，”房东太太说。

找到了白慕易的时候，梅轩老先生已经停止了呼吸，只是心头还有点热气。

房东太太告诉白慕易，梁老先生最后一句话是：“叫他替我进行”。

“我就问进行什么呢，他说什么机会机会。过了一会又说，‘我会好的’。”

“怎么办呢，怎么办呢，”白慕易没了主意。他不敢和房东太太同去——怕她又得扣留他。他跟白骏夫妇商量。

白骏拉长着脸叹口气。

“想不到竟会死，真不敢领教。”

“如今我怎么办呢？”

“还有什么怎么办，担子在你身上。你去找几个同乡朋友凑几个钱给他买口棺材，抬他到义园里再说。”

这主意不错。白慕易婉转地向房东太太说了打发她先回去，他就忙着去找熟人捐钱：除了刘培本全家搬到济南去了不算，其余都花了几个。白慕易自己在会计那儿借支了二十块钱凑在里面用。

“我也捐五块钱，”李益泰说，“梁梅轩这人还不错。……老白，你借我五块钱，我现在没带零钱。”

白骏板着脸：

“我已经出了六块，叫我再出五块，我不来。”

“这算我的呀，我问你借的呀，”那个抿抿嘴微笑着。

“哼，借！”白骏还是摇头。

“你不想想梁梅轩多可怜。我要不是可怜他我不会低声下气地向你借钱。……我写个借据好不好？我明天一定还，我不过今天没带零钱。……”

白骏瞧太太一瞧，太太微笑：

“就借给他拉倒了罢。”

那个掏出五元的票子给白慕易。

“老李，我交给慕易了。”

“不，”李益泰抢过来。“由我自己交手续清楚点儿。”

他可一口气跑出去把票子换散，交两块钱给白慕易，扬扬眉，抿抿嘴说：

“我捐两块钱罢。那个三块我明天拿来。”

四

星期日，白骏请些常接近的同事朋友吃饭。他早就说过想请客，可是天气太热，吃了酒菜怕坏肚子。现在好天气，可是在座的客都不大有兴致：流言很多，每个人等都滴溜着处长要换人的事。云士刚并没老呆在上海，他回来已经一个星期，可是瞧样子还是不对劲——他是一个人来的，他家眷还在上海。白骏每天提心吊胆地怕刚舅舅说那句话：“办交代”！

白慕易最打不起劲：为了五舅舅那个尸身他整整地忙了半个月，花了二十多块钱。这个月子儿不够用，太太来信埋怨他为什么这个月不寄钱回去。

“操得你屋里娘，命里注定了要破财。……他好死不死要死在这里，还要等他老娘回去了死！……”

最糟心的是那些流言。要是他再失业……

他不能往下想。有时他认为不要紧：他工作究竟是努力的，科长也看得起他。至于白骏——那地位当然不同，他位子倒有点靠不大住。

白骏可拼命装着满不在乎的样子。

“我希望早点叫我办交代：第一，这种银钱上的事我干不来，不敢领教，早点脱了手的好，第二……”

白太太笑得不大自然，她一想她丈夫得去了饭碗，心里就紧一下。她觉得他不该去当什么庶务股长，以前那个上尉的差使虽然钱少，可很稳当。她要赶走她的忧虑，就和来客说着电影，麻将，今年秋天女人衣裳是什么式样，说着说着就溜着嗓子叫：

“陈妈！陈妈！”

只有赵科员和海螺蛳一点不愁什么：他们俩是处里的老职员，别人称他们“五朝元老。”

“打牌打牌！”赵科员叫。

“吃过饭再打罢，”王老八说。

海螺蛳打着手势，告诉大家现在外国人很爱打中国牌。

“譬如在 Merichien，麻将就非常通行。……中国菜也很出风头。……”

白慕易觉得他应当高兴点儿，他就挺一挺胸。

“洋人总有一种洋麻将。”

“没有，”海螺蛳大声说。“他们只有一种 Pok。”

“就是扑克牌吧，”王老八听懂了这个洋字。“老卫爱打扑克。”

“我也无所谓爱打，”卫复圭说。

海螺蛳只瞧卫复圭一眼，没说话：他俩不大熟识。

卫复圭老觉得他们可怜，不过——

“他们也会觉得我可怜的。……其实我并不比他们……”

别人到处碰壁。他自己知道有条不碰壁的路，可是不去走。他肘靠在腿上，下巴撑在手上，静静听他们说话：他们不知怎么一来谈到了梁梅轩。

“不敢领教，他落伍不晓得落到什么地方去了。”

“落到了阎王那里，”王老八说了大笑起来。

“我劝他努力，劝他学洋文，他还反对哩，这种人真糟心。”

卫复圭插了一句嘴：

“我们说他落伍，我们自不落伍么?”

“为什么?!”

“世界一天一天进步，我们当然要落伍的。”

接着他懊悔说了这些话：干么要说?别人理会得么?

白慕易对自己说：

“要落伍就真糟心。……刚舅舅不走，不会落伍的。”

可是这局面像瀑布奔下来那么快，并且没办法。刚舅舅叫白骏那一科“办移交”。新处长到差。许多人都“另候任用”。这只是两个星期的事。白骏和白慕易都失了业。

“真糟心，没有生路了，真糟心!”白慕易说。

最糟心的是这一向他为了他五舅舅的死支了一些钱，接到那张“着即停职”的命令，到总务科给算薪水，他到手的是：交通银行的五元钞票一张，“广东省造”的双毫银币一枚，铜子儿九个。

“落伍了！”他颤着声音。

白骏太太埋怨他丈夫不该把以前那个上尉的差使辞掉。

“那个事情虽然钱少，倒是个长久的。这里……本来我……”

“哼，现成话倒会说，真不敢领教。……我辞的时候你倒一点也……”

“我不是说叫你两面兼着么。”

“兼！你晓得个屁！”

李益泰似乎消息灵通。他差不多天天到白骏家里来，抿抿嘴，扬扬眉，说些官场上的事。

“云处长这回恐怕……”

“你怎么会知道？”

“我当然知道。”

真奇怪，他许多话是对的。

“你有没有一点活动？”白骏嫉妒地问。

“活动总得活动一下，”那个挺挺胸脯，“不然这么下去怎么办。”

白骏太太用了种种方法去想李益泰这些话是吹牛，

同时又努力去记一记——他们夫妇俩和李益泰吵过嘴没有。

她丈夫抽了一口气想着那天的大请客，可是那像前一辈子的事：过去了，不会再来了。他轻轻哼着：

“人生几何，对酒当歌。……对酒当歌，人生几何……对酒……人生……”

他记不清究竟哪一句在前面，哪句在后面。

“譬如朝露……”

白慕易什么都不言语。他想着自己，瞧着白骏。别人也没了差使，他老住在别人家里吃住总有点不大那个。

五块钱钞票。……

家里也许又得写信来催他寄钱哩。

“白六，一个人想什么啊？”李益泰叫似地说。

白慕易苦着脸用鼻孔笑一声。

那个用手撑在白慕易坐着的椅子的靠背上。

“你差不离一直没闲过。一闲下来就仿佛怪耽心的。我倒闲了这么久，我可……不过我……”

他把自己的手收回来插到裤袋里，眼瞧着天花板。

“这回你拿了几个钱？”

“五……五……”他踌躇着要不要老实告诉别人。“我亏空了。真糟了心。”

“别只着急呀，着急有什么用？”

接着他说他在活动着。可是他暂时不宣布活动些什么。他又贴近白慕易的耳朵，告诉白慕易他要到别处去。

“你可愿到外省去跑一趟？”

“怎么，跟你去？”

“唔。”

白慕易深深地瞧着李益泰，想了什么两三分钟。他难受地笑着：

“你逗我玩的。”

“笑话！……逗你玩的是这个，”他伸直了中指，把其余四根指头弯着，动了几下。

“不过我……”

“明天再说：我明天两三点钟来。”

“我是一个钱都没有，要是……我要是……”

“有我啊。……我明天来再说：两三点钟。别出去呀。”

“不会的。”

瞧着李益泰走出去的背影，白慕易恨不得拥抱他一下。

白骏有点信不过李益泰：怎么，这姓李的倒有路子？他是个什么鸟东西，他是！

“你信得过他么？”他问白慕易。

那个不大高兴：白骏的看不起李益泰，就是间接地侮辱了自己。他不言语。

“不过……”白骏不大顺嘴地。他其实希望白慕易有点路子才好，不然他得老在他这儿吃住下去的。“不过也讲不定。自然我……有希望自然顶好。……不过他这个人，第一，他讲话靠不住，第二……第二……”

白太太插嘴，她的意思以为可以看李益泰明天来不来，因为这姓李的从来没践过约的。

五

第二天李益泰来了：下午五点半钟。并且李益泰还问白慕易可要钱用，给了五块钱！

“你先拿着用。”

白慕易以为自己在做梦。可是他手里的确抓着了这五块钱现金：圆的，扁的，冷冷的。他张大了嘴不知道要怎么说。

白骏有点失望：李益泰真的有一手哩。可是又有点感激他：不管怎么着，总而言之这家伙可以带走白慕易给他个位置。

李益泰把胸脯挺得特别高，天天来找白慕易：商量哪一天动身，坐什么船。

“盘费当然算我的，”他说。

不过他始终没说出进行些什么事。

“到那里你自然会知道。”

他很有把握。

走的前一天，李益泰掏出两块钱给白骏太太请她办点菜。

“请客?”她微笑。

“唔,”那个把眼睛斜射到洗面台的镜子上，扬着眉抿抿嘴。“我打扰得你们多了，走以前请请你们。”

“这样客气！……还要不要邀什么人?”

“只要一个老卫。我自己去邀他罢。”

“他倒有点厉害,”白慕易想。这姓李的不知道到底会找到个什么。大概不会小。给他白慕易一个什么位置?不会是传令什么士了吧。

他把两个手插在学生装口袋里。他瞧瞧白骏，瞧瞧白太太，他的视线一跟他们的遇着的时候，他就把眼睛扫开去。过会又瞧着他俩。他忍不住要觉得他们可怜：他们这家子这么大的开销，找不到差使可不行。可是刚舅舅又到上海去了：他们没有“生路”。

“我要是弄好了，我要寄几个钱给他们。”

两个手从衣袋里取出来，交叉着摆在胸脯上，做了个所谓拿破仑姿势。他仿佛已经给过他们钱。他是他们的施主。他感到莫明其妙的满足：几次要笑出来都给努力地忍住了。

白骏有点不好受，喝了点酒，就发起牢骚来。他表示奇怪：怎么不学无术的家伙倒很那个——

“倒很有点牛皮。真不敢领教。”

说着用眼瞟着李益泰，把脸对着卫复圭。

李益泰英雄地喝着酒，说着人的逃不过命运。

“什么都是命，对不对，”他笑着。

“当然有个命，”白慕易红着脸说。

停停。

“一个人能不能干可不容易看出来”李益泰大声地。“往日你瞧着他晕头似的，可是一有机会……一到有那个的日子……可就……可就……可是你往日瞧着他那劲儿像没一点儿能耐似的。……这是……这是……Khm 对不对，khm，khm，唔，今天有点儿咳嗽。”

白慕易点头。

“本来一个人不可以……不可以……一句古话说的，不可以……不可以……意思是讲不要看他的面貌不好就说他不行：不可以……不可以……真糟心，这句古话我不记得怎样说法了。总而言之是……”

可是白骏说着生活没保障之类的话，回家乡去也是没饭吃。他瞧瞧他太太，他说想把太太送回去。马上他想到了梁梅轩，他觉得说这种话许是个不好的预兆，心头就像给谁握了一把似地一阵紧。

卫复圭板着脸啜了一口酒，一吞下去就把眉毛皱了一下。

“只要自己想通一点，不会没有路子的。”

“怎么想通一点?”白骏注意地问。

卫复圭楞了会儿。他想：

“我对他怎样说呢，这种人是说不通的。”

“譬如，”他慢慢地说，“你不住这样的房子行不行，你不穿这样的衣裳行不行。……你一定要做官么。……”

“别的我做什么呢？”

“做工，种田，拉黄包车，不是一样的吃饭？”

那个笑起来。

“我不是同你说笑话，”卫复圭不安地。“许多许多像我们这样的人，连生活都生活不下去，但是大家还想发财，至少也想维持……维持这个……”

李益泰插嘴进来：

“谁不想要上进。”

“爬不上的！”

“冒冒险总有希望。”

“希望！”卫复圭咕噜着。“连饭都吃不饱怎么办。”

“为什么要想得这样远？”白骏红着脸。“人世事什九不如意，想得那样远连一天都活不下去了，真不敢领教。……要是想得这样远，那只好上吊。”

“除开上吊就没有路了么？”卫复圭微笑。

“一条路是发几万万银子财，一条路是当土匪，”白骏嬉笑地说。“不过人生在世真不要想得那么远，第一，这两条路我们都走不来，我们也不愿意去上吊，第二……第二……”

白慕易有点不安：他明天要走了，他们说这些个倒霉的话。

“真糟心!”

他把所有的人瞧一转。李益泰把鼻尖子埋在酒杯里，可是装做很关心他们的谈话似的，不过老拿眼珠子瞟到洗面台的镜子上去，一面扬扬眉毛。卫复圭爱笑不笑地瞧着他对面的墙上，听着白骏说话。白太太微笑，忘了动手喝酒吃菜，只张开一小半嘴，一个劲儿瞧着她丈夫。那位白骏先生当然最起劲，说呀说的忽然来了个什么“拼性命”：白慕易吓了一大跳，就赶紧听着。

“要我革命，拼性命，我是不来的，第一，人生几何，何必呢，是不是。第二呢……第二是……”

停了一会。

“要我拉黄包车我拉不动，即使有力气我也不来，不敢领教。……要是非拉黄包车不可，那我宁可饿死。……”

“拉黄包车……”白慕易就格格地笑了起来。

“怎么回事啊，”李益泰从酒杯里抬起他的鼻子，叫似地说。“我们明天要走了，不说几句吉利话，说什么拉黄包车!……”

白骏太太趁机会笑，努力不叫露出牙齿来，把上唇弄得很吃力。她觉得这句话要是由白骏嘴里说出来，就得更有风趣一点。

可是白骏马上就来了：他问卫复圭：

“那么你怎么不去拉黄包车，不去死里求生?”

那位太太就像炸药给轰了似地大笑，顾不得牙齿露不露在外面了：你就可以瞧见她歪着的犬齿上黏着一小片菠菜叶子。

卫复圭可不笑。他板着脸说：

“所以我们这种读书人没有用啊。我们过过也还过得去的日子，苦是吃不来的。但是又爬不上，又……连维持现状都办不到。大家也不想想那个……那个……总而言之我们这种读书人是糟糕的。譬如你……你……”

“我们这种读书人”，当然连白慕易也在内的。他有点得意，就马上插了进来：

“我们这种读书人不一定没有用。只要有时气。……读书人没有用什么人有用呢。……孔夫子说的……孟夫子说的……古话说的：惟有读书高。……”

白骏暗示他太太要她笑，可是她没有笑。他就一个人笑起来。

吃了饭，李益泰拍拍肚子，打着膈儿，就详详细细说了个阔人的姨太太跟他恋爱的故事。

“她老钉着我，嗷！真没有，嗷，真没办法！……”

会馆里的阔人

一

对不起，要请读者诸君到长江沿岸的一个城市里去看看。

靠江有个肮脏的小码头，堆着些麻布袋和芦柴。许多苦力肩着些重东西走着沿江的那条大街，哼着，淌着汗，打着赤膊——其实这时候已经到了秋天。大街上很拥挤，要是有两辆黄包车面对面相遇着，行人就得避到店家里面去，不然你的脚就会给黄包车轧伤的。码头以西店家就很少了，再走过去就成了条曲曲折折山道似的黄泥路：路北是些小树木，路南——无所谓路南，那里就是江岸，水打着岸脚，哗喇哗喇响着。江水看来似乎很浓，像放了许多赤砂糖的藕粉。

再向西走个什么三四里路，就得瞧见一些石磴子：大家把这儿叫镇风亭。其实并没有什么亭子。一个多月以前，有个苦力模样的人在这儿投江，据说是因为失了业，也有人说是为了他赌亏空了。

江水腻腻地滚着，湾湾曲曲一直滚到烟雾雾的地平线那里。

镇风亭往北有条小路到小西门。可是到这里来旅行的人并不走这条路：他一上码头，可以走那条和大街交叉的路进大南门的。这就进了城。街道都像山道似地一会儿高一会儿低。爬过南门大街那个山岗子，转几个湾，就是出名的二郎庙。这条干干净净的短巷子里没有一所不像样的房子，都住着全城的一二等人物。许多屋子门外横挂着一块木板，上面写着金字：什么什么“及第”之类。只有一家是什么什么会馆——一星期前这里也到了个阔人，穿着武装，还带来了个家伙像是他的马弁。

“他们究竟什么路数？”会馆里的人说着。

“总有点来头的。”

“听口音不像是同乡哩，那家伙。”

“他自己说是的。”

“呸，”那个吐口唾沫。“好大势子，客气话也不讲一句就要我们让他！”

说着话的人就瞪着眼，向对面那一排朝南的房子瞧了一下。他们本来住在那里的，可是给那个新来的阔人撵走了。

最近他们都和那马弁似的人打熟了：知道他并不是

个马弁，而且也有点儿来路。

“我是到此地来找官做的，”那人说。

“那位李先生呢？”

“他当过参谋长。……他讲他要替我谋个知县，不过……不过……知县是……常常有知县给土匪掳去的哩，真糟了心！……”

大家都用嫉妒的眼睛瞧着他。他取下他的博士帽，用手指弹了几下，又把它歪带在后脑勺上，就挺挺胸脯说：

“知县我不大愿意当。……我这回才交卸……”

“哪一县？”

“这是……”他红着脸。“是青岛里面一个什么县。啊呀，真糟心，我连县名也忘记了。离山西不远。”

会馆里的人都赶着叫他白县长。

“白县长留了一些钱了吧，”木匠杨贵生问，接着伸了伸舌子。

白县长瞧了杨贵生一眼。这木匠在家乡有家小小的店，现在倒了，流落到这里，住在会馆已经半年多。爱赌钱，爱喝酒。会馆里几个穷上等人告诉白县长要小心他——这家伙手脚不干净。

可是白县长没注意到这些，他只滴溜着一件事：

“怎么李益泰还不回来呢？”

他一直等到夜里十二点钟。

“李先生你一定要给我几个饭钱。”

“怎么，”李益泰叫起来，“没钱了么？……走的时候我给了你五块，你自己也有五块多，干么又要钱？”

“我是……我上一次……我一共寄了八块钱。”

“瞧瞧！还寄钱给家里！”

李益泰数了三十多个铜子给白县长。

白县长嫌少。

“吃饭不够么，”李益泰苦笑着。“三十个子儿还吃不饱？”

那个拿铜子在手里敲着。过会低着声音问：

“事情怎样了？”

“你老是天天问。这当然得慢慢儿来呀。”

这么着一天天过去。李益泰每天一早就出去，临走总得给白慕易几十个铜子。

“要等到哪一天呢？”他想。

不过等一会也不要紧：家里才寄去了几个钱，暂时不愁家里的事；他个人的吃住都不用自己忙。

他每天在小馄饨店吃馄饨和烧饼过日子。他生怕在这小店里遇着会馆里的人：他每次都吃得很快。

他和会馆里几个上等人混熟了。他们都是单身人，在这儿住得很久。内中只有一个人有职业。

“县长以后对杨贵生那些人真要小心，”和白县长最要好的王胡子告诉他。“会馆里的人杂得很，常常不见了东西。”

“赶他们出去好了，”白慕易摆摆手说。

“那办不到：他们说会馆是大家的。”

“他们一起有多少人？”

“比我们多。他们有七八个：都是些泥水木匠，有一个是裁缝铺子里的，有一个是……”

“操得你屋里娘，是不是挖苦我？”那个肚子里说。“唔，王胡子他们自然不会晓得我的。”

睡上床，白慕易想到王胡子他们的可怜。

“穷得这样子！都是读书人。……”

将来自己有了路子之后得给王胡子帮帮忙。还有毛四先生。还有老谢。陆伯良虽然有个差使，可是只有二十块钱一个月。他得叫李益泰给他们设法。……

“怎么李益泰还不回来？”

听着什么地方打两点钟。

“糟了心，明天的饭钱……”

第二天白慕易彷徨了一个上午，在街上乱跑着，想找到李益泰。下午一点钟回到会馆，空着肚子躺在床上。

“不够朋友。……这种人一点也不能做知己。……”

脚步一响，他就仰起脑袋来听听是不是。

日影渐渐地移着。

“饿死就算了罢，操得你屋里娘！”跟谁赌气似地，躺着不动。

可是一听见步子响他又得心跳一下，注意地听着。不过没再把脑袋仰起来：仿佛怕给谁瞧见了不好意思似的。

三点多钟，李益泰跨进白慕易的房。

白慕易跳了起来：

“你到哪里去了啊？……我上午……我刚才在……你怎么一晚……你……”

那个很忙的样：

“别嚷别嚷！……有正经事赶紧得办：我和你马上到大南门外去一趟。……快，快！……”

“我一天还没吃一点东西哩。”

“就去吃。吃了马上去办：一路你不许多嘴，懂不懂。”

那个给弄得怪兴奋，又很糊涂。他用鼻孔尖声应了一声：

“唔！”

二

两个人回到会馆里已经晚了。

他们一进了白慕易的房，就小心地把门关上。两个人从自己的裤子里取出一包包的东西。胸脯上肚子上贴肉地扎了一大块布，里面满是这些小包裹。他们忙着把它解下来。白慕易手脚都抖索着。

“做这种事危险呀，”他颤声说。“为什么要……”

“别大惊小怪。这稀罕什么。”

“查出来了怎样办？”

“你放心，”李益泰很镇静。“这是一个朋友托我办的，他是这里的一个旅长。……将来他得给我个好差使。你也得有路子哩。……胆子大点儿！……这是一笔好买卖。……你别透一点风——一点儿也不能透。……”

“自然。”

白慕易吃力似地嘘了口气，又问：

“旅长——是哪个？”

“不能告诉你。”

“他是不是很有势力的。”

“那当然。”

“那么查出来也不要紧了？”

“紧是不要紧，可是面子难看。……这东西就放在你这里，藏好，别叫给人瞧见了。”

“放在我这里是不大……不大……我是……”

“这有什么关系！你说是我的就得了。……过几天还有一批。……将来还得叫你送。……”

白慕易瞧着李益泰好一会。

“我们替他办，我们……他会不会……我们有没有好处？”

“我不说过了么。”

“钱呢?”轻轻的。

李益泰格格地笑起来。

“老白，真瞧不出你是个厉害人：又要官，又要钱。……我可不好意思问旅长要钱。我是和他有交情，不然我真的来贩烟土?……你呢是跟我的交情，对不对。……我那朋友也知道你，是我说的。总有那么一天你得见着他。……怎么，你要官还是要钱?”

接着又笑。

白慕易红着脸，不好意思地笑了一声。

“我是随便问问的。”

“这才够得上交情哩，”拍拍他的背。“这些快藏好罢。”

这晚李益泰请白慕易在一家四川馆子吃了酒菜，又给了两块钱。

“他真正像个阔人，”白慕易对自己说。

他们回来，都吓了一大跳：窗门子给谁弄断了。

“看看那东西!”李益泰低声叫。

还好，在着。

房里并没少了什么：根本就没有什么东西可以被偷的。

李益泰在院子里轻轻走了一圈。

“怕是王胡子干的。只有他在家。”

可是白慕易说王胡子不会干这些事。

“他是读书人，怎么会做这些事。……一定是杨贵生他们。”

第二天早晨这院子里的人都哄哄地谈着这回事。王胡子说这一定是杨贵生。

一刻钟后杨贵生跑进院子，当着许多人嚷了起来。他喝过了酒。

“老子昨天一天没跨进这院子，王胡子这兔崽子倒说是我！……大家都晓得昨天晚上只有王胡子一个人在家……”

“怎么，你说什么？你倒……你倒……”王胡子上气不接下气。

白慕易瞧了王胡子一眼，跨一步到杨贵生面前，挺着胸脯叫：

“一定是你！”

“怎么是我！凭什么说是我！……老子也不是好欺侮的。昨天王胡子……”

李益泰咆哮起来：

“不许嚷！”

“什么嚷不嚷，话总要说明白的！你别仗着什么……”

“再嚷！”李益泰一手掌打过去，可是没打着。

“打人！……老子拼着命不要，倒要弄个明白。……你当我们好欺侮！……”

“打了你再送你到公安局去！……送到公安局去！……老白，送他到公安局去！……”

怎么，李益泰命令他白慕易？

白慕易瞧瞧所有的脸子，自语地说：

“唔，一定要送到公安局去！——送他去！”

再瞧了瞧所有的人。可是他不好命令谁。

“好了好了，饶杨贵生一回罢，他酒吃醉了。”

七手八脚把杨贵生拖走了。

“这世界真反了！”李益泰更大声地说。“这忘八蛋真得要送到公安局去办他一办！……岂有此理！……哼！……这忘八蛋！……”

人渐渐地散了去。

白慕易怪耽心：怕有谁发觉他房里那些东西。他想趁李益泰不在家，把这些放到李益泰房里去，可是他没有李益泰的钥匙。要是弄开窗子放进去又怕给人瞧见。

“真糟心，要是给人家看见这些……”

他对李益泰有点怀疑起来。东西干么老放在他白慕易房里？给人做了这些事，可是没有钱。李益泰究竟进行些么？

可是李益泰叫他别着急。

“你又来了，你干么那么性急呀！”

“那些东西……那些包裹……怎么办呢？”

“过几天自然有着落。我自己也着急哩。”

星期日，白慕易和王胡子他们推牌九，把钱都输完了，他等着李益泰回来问他要钱。

“怎么，两块钱又用完了？……可是别忙，今天咱们得办正经事。你把那些拿出来。”

李益泰把一些包裹装进蒲包里，揭出一张南货店的招头纸放在上面，用麻绳捆着。

“找到买主了么？”白慕易问。

没答。

过了会儿，那个带上军帽，扬着眉，把手搭在白慕易肩上：

“我现在得出去。……你可以……”掏出一张纸，“哪，这是地名，你把这两个蒲包送到这儿去找这位潘先生——可别找错了。……叫洋车去。……”

“钱呢？”

“你拿二十个子儿去罢，数着铜子。”

“不是。我是问你这些货色卖几个钱——自然是问这个姓潘的要，是不是？”

李益泰踌躇了什么一二分钟。

“唔，你问他要。”

“多少？”

“他会给的，没错儿。”

“他要是给得少了呢？……自然我要晓得一个数目。”

那个抿着嘴笑。

“你这个人……钱是我那朋友的，那旅长的，他早交给旅长了。……潘先生给咱们钱是酬劳咱们，怎么能定数目。可是最好你别问他要：潘先生跟我也是老朋友，难为情。……你五点钟送去，早了不行。”

“唔，”白慕易感到沈重地应了一声。“二十个铜板车钱怕不够哩，来回。”

“回来可以走路哇。身边没零钱了。你要钱用也待会再说罢。”

李益泰扬着眉毛抿着嘴，踏着很响的步子走出去了。

“有生路！”白慕易瞧着那两个大蒲包。“那姓潘的总要给我几个钱：这是李益泰给我的好处。”

他想到王胡子房里去和他推牌九，赌宝，可是身边只有二十个铜子。并且似乎不能离开这蒲包一步。

“回来就好好地耍一下。”

要是那姓潘的给他十块钱，再不然二十块钱……晚上赌宝也许把以前输掉的捞回来。……

“真是！……全靠李益泰，不然住在白老四家真没生路。……在家靠父母，出门靠朋友。”

五点多钟他找到那地方问潘先生，来开门的是李益泰！

他吓了一跳。

“你……你……”

“交给我，交给我，”李益泰低声说。“你先回去。”

“怎么你说的……怎么我……”

“你回去罢。……你要钱用……”掏出一块钱给他。

白慕易不知道到底出了什么乱子，慌张着脸色马上跑出来。全身像浸在冰水里。他疑心自己是做了个梦。可是李益泰给他的一块钱明明在他手中。

李益泰到第二天的晚上十点多钟才回来，打着膈儿，喷着酒味儿，告诉白慕易他在旅长家里遇见一位小姐，一见就爱上了他的故事。

三

白慕易除开和李益泰办正经事以外，就成天地到王胡子房里去：推牌九，赌宝，打牌。王胡子还给他介绍些新朋友，在一块玩。白慕易有时很赢钱，可是输的时候也很多——把赢来的输出去不算，还把李益泰给的也往外送。

“糟了心，全输了。”

“不要紧，明天来八圈就捞本了。……其实白县长也不在乎这几个，是不是。”

新认识的胡老大就擦擦眼睛说：

“后天礼拜六，我们来陪县长玩小牌。”

王胡子偷偷地告诉白县长：胡老大打牌一点不行，老输给别人。

“县长只管同他们打，包县长捞了本还要赢。”

“那两个呢？那个……那个……”

“那个也不行。陆伯良也不大会。”

可是星期六打了一晚，就止白慕易一个人输：算算筹码，他们说他该拿出——二十五块多！

“二十五块四毛？”白慕易搔搔头。“五吊底呀。”

大家笑起来。

“县长记错了，”王胡子说。“说的是五块底。……还算好的哩，只输了五底。”

胡老大把那两个人的账拨给他，算是白慕易要给胡老大一个人二十五块多。

“请县长马上拿给我，我就要走了。”

“我……我……你们说的是……现在我——没有钱。”

“县长别说笑话。真的我想就走，就算是县长赏的。……还清了这笔账是正经。县长也不在乎这些。”

“我真的……真的……不相信你搜。”

胡老大扳着脸：

“请县长别开玩笑。”

白慕易额上沁出一颗颗的汗，脸热着，陪着笑：

“我的确……”

“拿出来是正经。请县长快点，”那个带上帽子。

白慕易想：

“真糟心，真糟心!”

他希望一下子有颗大炸弹落在会馆里，给什么都消灭掉。

“请县长快点。我没有工夫同县长说笑话。”

“胡大先生何必呢，”王胡子插了进来。“白县长少不得要给你的。……白县长的钱当然放在银行里，今天礼拜拿不到，欠你一欠也不要紧。”

“这真奇怪：县长同你有交情同我没交情，欠了我的我问谁要。……将来县长再同我开个玩笑：‘我没欠，’那我怎么办?”

王胡子瞧着白慕易：

“县长还是怎么办?……我看这样罢：请县长开个支票。”

白慕易额上的汗流到脸上，淌到衣领里，他拿袖子在自己脸上揩了几下。

“其实我没有……我……我……”

“何必呢。县长也该让让步：本来……虽然是赌账，总也是账，”王胡子笑。

“真要命!”

“那这样罢：胡大先生你也该松一步，请县长写个借据，我做保——我，你总信得过的，好不好。”

说着就拿出纸笔请白县长写。

那个很干脆地就写：他只要目下这个窘人的难关打

得过。

“如果到一个月不还，要照月息三分算给我利息。”

“胡大先生那又何必。我包白县长不出三天送还你。”

“写总要写明。我欠人家的钱是五分息哩。”

于是在借据上添了一行字。

“好了好了，操得你屋里娘，”白慕易透了一口气想。拿博士帽在手里扇着。

他可以问李益泰要钱。要是不给——就告发他！旅长总得要面子，不好出来说话。不过他总得打听一下那旅长是什么人。……

王胡子留着胡老大。他们又推牌九。白慕易袋里的一块钱赢成五块。

“请白县长做庄家。”

白县长很精明地洗着牌，瞧瞧许多的脸，许多的手，押着许多的钱。数目愈押愈大，白县长面前的钱愈多。

“县长赢了三十几块！”

他数了二十五块钱：

“胡大先生，我还你。”

“为什么这样性急！”笑着的答。“再推几庄罢。”

他只瞧见手，只瞧见钱。骨牌上的点子是花的。世界在打旋。

一刻钟一过去，他面前的钱全给分配到别人手里去了。

“完了!”他糊里糊涂地想。“操得你屋里娘，完了。……我要死了。……要是还有钱……”

“白县长再推几庄!”几个人叫。

他心跳了一下。可是——

“我没有钱,”他颤声说。

“我借给县长!”——一只很肥的手送过一卷票子来。

白慕易用了全身的力抬起眼珠瞧瞧这是谁——胡老大。他伸手拿票子，可是票子像长在胡老大手上似的，拿不动。

“不过要请白县长写个字,”胡老大客气地。

“好的,”他尖叫。只要有本钱，什么都不成问题。输了不怕：问李益泰要了来还他。“王胡子你替我写个借据，我来盖章画押! ……”

“请县长点点数目。”

“不要紧：我相信你，也信得过王胡子,”他眼和手全忙在牌上。“读书人总相信读书人。……赢了我请你们。哈哈哈哈。”

面前的钱一会儿多一会儿少。无数的手指在乱跳，在抢似地抓牌，抓钱。他觉得自己仿佛在云堆里游着，一高一低地，而且是脚朝天，脑袋向地的：脑袋比什么还重，生怕一下子会从云端掉下来。……

真糟心——

“又输完了!”

可是不甘心就这么下台，很顺手地又抻手拿了一卷票子来，在一张纸上盖了个图章。

散局以后他问胡老大:

“一共欠你多少?”

“一张是二十五元四角正。一张——八十元正。一张——六十元正。月息都是三分。中间人是王胡子。”

白慕易吃了一惊。

“有这许多?”

“这不会错的：县长亲自盖了章，画了押的。”

“糟心!”

他用拳轻轻敲了几下额头，摇摇地走到自己房里，倒在床上。嘴里喃喃地:

“李益泰真是荒唐，又是一夜没回来。”

四

醒来已经下午三四点钟了。

他希望借钱那回事是个梦。可是王胡子站在窗外，鬼鬼祟祟的样子。

“县长醒了么?”

接着跑进房来，问白慕易预备什么时候还胡老大的钱。他告诉白慕易，胡老大很有势力，省长大总统都得让他几分。

“而这笔钱是我做的中人，所以……至于我……在县长看来当然算不得什么。……并不是我敢向县长催钱。……”

“我晓得，”他喉管里像有什么给梗住似地说。“一共多少钱?”

“二十五的八十：一百零五。还有个六十：一百六十五。不错，还有个四毛：一百六十五块四毛。……数目当然不大。可惜我没有钱，不然我垫还一下也不要紧。……在县长当然不算什么的。……”

“唔。我只要……我稍为过几天……”

这晚白慕易没钱吃晚饭，李益泰老不回来，他就很早上了床。可是睡不着。

他把赌钱的经过回想了一遍。他有点奇怪：干么王胡子那批穷鬼有这么大的赌局。他老是先赢后输——不过这只能怪自己的手气。……借据上的数目不错么?

也许王胡子当他真是阔人，大家来对他使一点……

可是又觉得这种思想太侮辱王胡子了。

“王胡子他们都是好好的人，他并不是杨贵生。”

钱是总得还的。……李益泰还不回来。……

胡老大很有势力，“省长大总统都得让他几分”。

“要是同胡老大做了知己，他还可以替我……”

他心跳起来。一和胡老大要好了，他可以托胡老大给他向什么大官面前介绍一下。也许真会当县长。……看相的都说他鼻子长得好，现在正交鼻运。

“想法子还钱。”

还了钱才说得上谈交情：一步一步地来。他不用专靠李益泰——这家伙荒里荒唐地靠不住。得罪他都不要紧，准得逼出他一两百块钱来。

他轻松地吐了一口气。

第二天一早就到李益泰房里。李益泰还没起来。

“昨夜什么时候回来的？”

“十二点多了。”

白慕易坐到床沿上，瞧着李益泰。

“李先生，你一定要救救我。”

“怎么！”那个吓一跳。

“我要两百块钱用。无论如何要你想法子。”

“怎么回事啊？”

“你不要管。无论如何要你给我。”

“我哪儿来的钱呢？”

“那些东西总卖得了几个钱。”

“别人的呀，”那个跳起来。“我要是有钱你当然也有，还用说。”

“那个旅长是哪个，你告诉我，我去找他。”

“你疯了！……究竟怎么回事？”

白慕易想：要不要告诉他？

说了罢。

李益泰叫起来：

“你受骗了！”

“怎么是受骗？”白慕易不高兴地说。“王胡子他们都是读书人，好好的人。骗人么？”

“糟糕糟糕！怎么办呢？”

“你要给我。……救救我罢，救救我罢，李先生……”

“没钱怎么办呢？”

可是白慕易颤着声音老反复着同样的话。

“我没办法。……你怎么会赌起来？……”

沉默。

白慕易站起来。

“你非给我不可。我不相信你没有钱。……你可以向你那个旅长设法。”

“干么非给你不可？”那个瞪着眼。

“你……你的那桩事……你……”他嘴唇发白。“你非给我不可！”

李益泰大声说：

“我管不着！……我好意把你带来，瞧你可怜，你可……你却来诈我！……”

“告他！”白慕易在肚子里说。“告他！告他！”

他跑到自己房里，把剩下的几包土拿出来。可是他不好怎么办：别人瞧见了得疑心是他贩卖烟土哩。他愤怒得脑袋都要裂了。他楞了一会，就冲到李益泰房里去，把那些包裹放到桌上就走了出来。

“老白！”李益泰叫。“老白！”

到哪里去叫？——告他！可是他不知道要用怎么一个方法去告。

李益泰披了衣，扣子也没扣上，袜子也没穿，拖着鞋子冲出大门来，把白慕易拉了进去。

“你发什么傻劲儿啊，老白？……你真的想告我，是不是。”

那个闭住嘴，喘着气。

“你真想去告发是不是？……你干么不想想，你自己逃得掉么。……并且那旅长很有势力。……我现在叫你回来是为的你，其实我一点不在乎。”

白慕易觉得要痛哭一下才好。他鼻尖发酸。

“欠了那些赌账怎样办呢，我实在……救救我罢，无论如何要救救我。……”

“好，算我的。我一定设法。我到朋友那儿借什么五百一千的还借得动。……别着急。等我的消息。”

丢下一块钱给白慕易就出去了。一晚没回。

“姓李的骗了我！”

一定是姓李的一个人得了钱，不分给他。别人利用他，叫他送东西，叫他藏东西：祸是他的，钱是别人的。

“什么旅长！一定没有什么旅长。哄人的。……糟了心，上当了。……告他！”

可是他自己也得有点罪名。……

他在自己房里打旋，把博士帽取下又带上，带上又取下。想到李益泰那张抿着的嘴。想到王胡子。想到自己身上只有八毛大洋。想到推牌九。想到胡老大。

“胡老大很有势力……”

和李益泰绝交罢。他可以和胡老大做好朋友的。

跨出房门，他往王胡子房里走去。

“王胡子，今天我们去买点菜，打点酒，你去邀胡老大来吃中饭好不好。”

白慕易很得意：他有了主意。他对胡老大表示亲近，说着交朋友的难。

“像那个姓李的，同我同一天到会馆里来的那姓李的，就千万不同他交朋友。……胡老大先生再吃点酒。……我看不起姓李的。他简直下……”这里他忽然放低了声音：“他还贩鸦片烟哩。”

他瞧瞧那两个的脸色。

“唔，贩鸦片，”胡老大说。“他很多熟人么？”

“我只晓得他有个什么姓潘的，常常买他的：我晓得他买过两次。”

“姓潘的？”

“唔姓潘的。在文庙街六号。”

胡老大没表示什么。

“胡大先生熟人很多吧?”

王胡子插进来:

“什么朋友都有,他。”

“胡大先生可以替我……替我……或者给我想个法子……或者……你可以替我介绍介绍……”

“要干哪一路?”

白慕易心狂跳起来。

“我……我……”

“弄个县长干干好不好?”

可是王胡子告诉胡老大:白县长以前说过,他不愿再当县长了。

“不过也可以。我是……” 白慕易说。

“好,” 胡大先生啜了口酒,想了一会儿。“我可以想想法子看。……不过得花几个钱。不过这个我可以借你一笔,先垫一下。”

胡老大这家伙很有把握。他白慕易交了鼻运。欠胡老大的钱,将来可以还他的。

“李益泰真混账,” 他肚子里说。“骗了我到这地方来。……”

不过李益泰要不骗他到这儿来,他就无从和胡老大做朋友。

白慕易喝了点酒,莫明其妙地高兴,找着这个说话,找着那个说话，大声地告诉别人李益泰是个骗子——拐别人的钱，贩鸦片烟。

“他骗了我两百块钱。他如今不好意思见我，不敢回来。”

可是这天晚上他回来了，一瞧见白慕易就说：

“为了你的事我跑了整整两天。现在可不愁了：有个朋友答应借给我两百五十块——二百五哩。……”

他就笑起来。

白慕易取了博士帽搔头，把脸上所有的皱纹都深皱着，觉得自己做错了事。他对李益泰不起。他一句话也说不出。

二百五十！他就得有二百还了账还有钱剩。当然不是吹牛：瞧，李益泰掏口袋哩！

“二百五十……”白慕易昏了似地念着。他用全生命的力瞧着李益泰那只掏口袋的右手：伸进口袋了。拿着了。得抽出来了。……

心狂跳着，他把手掩住嘴，像是怕心脏跳出来。他想像那大卷票子。他觉得他应该拥抱李益泰，应该跪在李益泰前面，应该……他不知道再应该怎么着。他对李益泰不起呀。

李益泰的右手终于抽出了口袋！——李益泰掏出了一块黄灰色的手绢，揩揩鼻孔，又把它塞到口袋里。

白慕易并不感到失望，只是像和许多人打过一场架之后那么疲倦：一点力气也没有了。他哼着鼻问：

“钱呢？”

“当然有，明天。明天我一早就去拿。……分给你二百：够了吧？”

“够的够的。”

临走白慕易问李益泰要了一百铜子做明天的饭钱。

“其实我明天回来吃中饭的，”李益泰说。“那朋友答应明天上午给我。我一拿着了就回来。老白你等我回来吃中饭：咱们再上那四川馆子。”

“唔。”

明天李益泰没回来吃中饭。晚上也没回。甚至于第三天也没回来。第四天。第五天。李益泰到哪里去了？

王胡子天天来问白慕易讨胡老大的债。

“糟了心，糟了心！”

五

会馆里传着一个惊人的消息——李益泰给兵警捉去了。

谁都谈着。这是会馆从洪杨平定之后造好以来，从没出过这么大的事。当然捉人是捉过的，可是给捉去的都是泥水木匠之类的人物。这回是那个李先生——不是他自己说是参谋长么？

长班老余是消息最灵通的。他说先是有谁去告发，就有侦探钉着李先生，钉呀钉的就捉去了。冒充军官，贩卖烟土——还借了陈旅长的名。

“陈旅长很生气，一定要把这人解到他旅部里去，要枪毙他。”

“枪毙？”

“他要枪毙他。大家都说陈旅长贩鸦片烟，所以他这回定要枪毙一个贩鸦片的给大家看看。”

这消息给白慕易知道了的时候，他几乎昏了过去。

“糟了心糟了心！……操得你屋那娘，捉去了，操得你屋里娘！……”

什么都成问题：他怕连累到他，可是没有什么地方可以去。顶糟的是他没有一个钱：李益泰临走给他的一百铜子吃了三天饭，把一床被和一件夹袍当了一块钱又请了胡老大一次，现在——

“真糟心，真糟心，只剩了六个铜板。”

他想和王胡子胡老大他们亲热，问他们借几个钱，到他们那里吃几顿饭。可是那个家伙对他一点不客气了。

“钱不还是不行的！”

“我实在……你看，是真的，我没有钱。……”

“我不管你有没有。欠了是要还的。……王胡子，你做的保，我不管，我问你要。”

王胡子向白慕易面前跨一步，绷着脸：

“怎样，到底有没有？”

没答，只是脸部的肌肉在抽动。

“没有是不行的。胡大先生同我吃起官司来我也只好同你吃官司。……”

“明后天我……”

明后天照样是这么几句话。

胡老大把脸对着白慕易脸只两寸远，大声说着话，把唾沫星子溅到对面的脸上：

“老实告诉你：我为了要留这百多块钱，所以那姓李的案子没牵到你。不然——哼，你看……”

白慕易趁他们没注意，他溜了出去。

“白先生你怎么欠胡老大的钱呢？”长班老余低声地。

“为什么？”

“他真不好惹：他是胡老虎的大儿子，谁都知道的。”

“他怎样呢？”

“放印子钱，贩人，贩鸦片，杀人骗人，什么都来得。住在乡下怕种田的打死他，住到城里的。……你怎么欠他的钱！……有人说李先生就是他告的：他有好处。”

白慕易两条腿发软。

“逃走罢。”

可是往哪儿逃？只要有个住的地方他准得去住着，

再不回到会馆里去了。

他在街上走着，腿子没一点劲。他饿得难受。

“怎么要跟李益泰到这里来？……糟心极了！”

这里没有一个熟人，只有胡老大和王胡子。

有家茶店门口插一面“招募新兵”的旗子，有几个军人坐在一张茶桌子旁边。

白慕易在这门口站好一会才走。

“当兵……”这么想。当兵？他白慕易去当兵么？

他想到种田，想到做工，做裁缝……他觉得给谁打了一拳。

身上出了冷汗，手脚打颤。要是这时候在床上躺一会可多舒服。可是办不到：他一回去就得瞧见王胡子。

走进一条冷清清的巷子里。两只脚像有几吨重。房子和电杆都在打旋。忽然瞧见天空上有成千累万的鸟飞着。有红的，有绿的：注意一瞧可就消灭了，一会儿又见它们飞着。

膝踝子老要屈下来。他喘着气，用手扶着墙，拖着脚到一家的大门坎上坐着，闭着眼。

“怎样办呢？……”

许多脸子映在他眼前，许多声音响在他耳边。他瞧见他父亲在教训他，要他到死也做个上等人。

“你为什么去当裁缝，去当传令兵？……”

一会儿梁梅轩的嗄嗓子在说白慕易有志上进。接着又是白骏拉长着脸，叹着气，表示没一点办法。

“不过叫我去拉黄包车，去打铁，去革什么命，去吃苦牺牲，我是不会来的。……”

白慕易努力睁开眼。

可是隐隐听见杨贵生在说：

“你们当我们是好欺侮的么？……我……”

“混账东西！”白慕易咕噜着。“这班下流家伙没一个好人！……这世界真反了！……抓起他！……”

可是有些人挨到他身边：沈上士和王传本。

“老白……”

“滚开！哪个认得你！！……”

胡老大……

对啦，他得和胡老大要好。胡老大有势力。可是怎么，他也有怕的——怕种田的打死他？这成什么世界！……胡老大自己贩鸦片，怎么要告李益泰？……胡老大有势力。……李益泰该的：他是骗子，流氓。……

他拼命要赶掉那些幻想，可是有点办不到。他大大地睁开眼，用手撑着门坎站起来。他不能老坐在别人大门坎上：这太不像样，叫化子才坐门坎哩。他得走。可是不知道要往哪儿去。心头感到受了一种紧迫，很想发怒，骂人，打人。四面瞧瞧，他不知道应当向谁发脾气。他的世界愈来愈小。并且像四面有高墙围着，逼得他气都透不过来。有几个世界向他招手：譬如当兵，譬如做裁缝……

“怎么又想到这倒霉的事上去了?”痛苦地对自己说。

想到勇嫂逃出去做工:真奇怪,五舅舅家里也出这些下流种,怪不得那位老先生气得几乎发疯。勇嫂是在那么一个乌七八糟的世界里。

白慕易吐口唾沫。他仿佛瞧见了那些一点也不细巧的手,给煤烟弄黑了的脸,下流的谈话——像沈上士和王传本他们那么着。他联想到自己当过传令兵,和沈上士王传本那些家伙混在一处,说着下流话,比当裁缝都不如。他就觉得心脏都痛了起来——仿佛是给人割过一刀,虽然养好了伤,可是有时也会发痛。永远有这么一条伤疤,即使做了大总统也去不掉的。他咬着牙:最好把这世界毁灭掉,这痛心的记忆也就可以消灭。他反复地说着,他自己决不是沈上士他们那个世界里的。

“我一点不下流,我是好好的人。……”

还得挣点面子,别忘记他父亲的遗言。他得……

“呃,还是想想如今的事罢,”对自己不耐烦似地皱紧着眉。

现在只胡老大。可是胡老大他们的世界似乎不要他白慕易走进去:并不是拒绝他,只是他得先拿出一百六十……

"一百六十几呀?……一百六十五，一百七十……二百，二百五——哼，二百五!……还是走罢：离开这里。"

记起船上那些人对于没钱打票的怎样吊起来，在半路上推他们下船，他就打了个寒噤。

"弄几个盘钱才好。……坐洋船走。……"

坐上水船还是下水船?他觉得他四面的围墙又向他紧围了一步。

"完了!……连被窝夹袍子都进了当铺，想等李益泰回来赎的，如今他又……胡老大吃我两顿饭还是不讲一点交情。……我操得你屋里娘!"

他悄悄地进了会馆。偷瞧王胡子那边一眼：王胡子没在家。

躺到床上。床上空空的只有一床褥子没了被窝。口里不知道为什么有仿佛吃了明矾似的味道。耳朵在响。

"死了罢。去偷罢。去抢罢。……没有生路，没有生路，操得你屋里娘，没有生路。……"

他抽抽咽咽哭起来。

忽然脚步响，接着王胡子很重地推开门，一只脚很不客气踏进房来，怪响的一声——嘭!

白慕易全身打战，缩着做一团，霎着那双红眼睛瞧着门口那张绷着的胡子脸。

六

一晚没睡。

快天亮的时候，白慕易毅然决然地写一封信到家里去。

桂贞贤妻妆次敬启者我实无法李益泰又作去了举目无亲不能回家涨主要一百余元不能谋事被亦当了要偷要抢一个人不可以学下流该死与

贤妻来世为夫妻对不起

贤妻抱歉之至不如一死干净今日是八月十二明年是我周年切记为要小儿要

贤妻养教其上进千万莫下流我死对得起

祖宗请

贤妻莫记得我为要至祷至祝即希

查照为荷敬请

秋安珍重珍

八月十二日　侍生白慕易启

可是没有邮票。

“不要紧，总送得到，送到了再补。”

他轻轻地走了出去。叫老陈开开会馆的大门。

“白先生这样早到哪里去?”老陈打着呵欠开锁

开门。

白慕易没听见。他眼睛只瞧见一些火星似的花纹，耳朵响着鼓。

街上只有些菜贩子挑担子走。所有的人家和店面都没开门。

往北，向西转湾。他郑重地把那封信插到邮筒里。

“不会寄不到的。”

想像他太太接到这封信，他膝踝一屈要倒下来。他两手抱住邮筒支住了，站了一会。

“还是走罢。”

出了小西门。他回头留恋似地把这条街瞧了一下，就沿着湾湾曲曲的小路向江边走去。

树上一些雀子嘈杂着，从这个枝子跳到那个枝子上。

白慕易什么也没听见，什么也没瞧见。像给人拖着走似地到了镇风亭。

藕粉似的江水滚着石灰似的浪。太阳在江面上洒着碎金点子。地平线隐在澄黄色的雾里。

风呼呼地刮着。白慕易发抖，可是并不感到冷。他对着江的上游跪着，磕一个头：那儿有他父亲的坟墓，有他的太太和儿女。

“我对得起祖宗……”

他的博士帽给风吹落了江。

瞧着自己的帽子摇摇地下去，瞧着江水，瞧瞧远远的时高时低的渔船。他决定了一切，他预备把膝踝子一屈让自己下去。他脑子糊里糊涂的，耳朵里还在响着。

“不……”

忽然他记起这镇风亭有一个人跳过江，那是个下流的家伙。他白慕易不能跟那下流家伙死在这里！他用了全身力的提起腿沿岸向西走了小半里路。

“这是我的地方，”他昏昏地站住。不放心地向镇风亭那边瞧瞧：他的博士帽掉在那下流家伙跳江的地方是毕生的一大缺限。

脸部抽着痉，眼睛发着黑，膝踝一屈，他身子倒了下去。

“来生给我过点好日子罢。……”

江面上浮起了几个水泡。

图书在版编目（CIP）数据

一年 / 张天翼著. — 北京：中国国际广播出版社，2013.1
（良友文学丛书）
ISBN 978-7-5078-3540-3

Ⅰ. ①一…　Ⅱ. ①张…　Ⅲ. ①长篇小说－中国－现代　Ⅳ. ①I246.5

中国版本图书馆CIP数据核字（2012）第265668号

一　年

著　　者	张天翼
责任编辑	张娟平　聂福荣
版式设计	国广设计室
责任校对	徐秀英
出版发行	中国国际广播出版社（83139469　83139489[传真]）
社　　址	北京复兴门外大街2号（国家广电总局内） 邮编：100866
网　　址	www.chirp.com.cn
经　　销	新华书店
印　　刷	环球印刷（北京）有限公司
开　　本	620×920　1/16
字　　数	125千字
印　　张	19
版　　次	2013年1月　北京第一版
印　　次	2013年1月　第一次印刷
书　　号	ISBN 978-7-5078-3540-3/I·374
定　　价	49.50元

CRI 中国国际广播出版社　欢迎关注本社新浪官方微博　官方网站 www.chirp.cn

人文阅读与收藏·良友文学丛书

(1)	鲁　迅　编译	竖　琴
(2)	何家槐　著	暧　昧
(3)	巴　金　著	雨
(4)	鲁　迅　编译	一天的工作
(5)	张天翼　著	一　年
(6)	篷　子　著	剪影集
(7)	丁　玲　著	母　亲
(8)	老　舍　著	离　婚
(9)	施蛰存　著	善女人行品
(10)	沈从文　著	记丁玲
	沈从文　著	记丁玲续集
(11)	老　舍　著	赶　集
(12)	陈　铨　著	革命的前一幕
(13)	张天翼　著	移　行
(14)	郑振铎　著	欧行日记
(15)	靳　以　著	虫　蚀
(16)	茅　盾　著	话匣子
(17)	巴　金　著	电
(18)	侍　桁　著	参差集
(19)	丰子恺　著	车箱社会
(20)	凌叔华　著	小哥儿俩
(21)	沈起予　著	残　碑
(22)	巴　金　著	雾
(23)	周作人　著	苦竹杂记　（暂缺）